SHUMONA SINHA

DAS RUSSISCHE TESTAMENT

ROMAN

AUS DEM FRANZÖSISCHEN
ÜBERSETZT
VON LENA MÜLLER

EDITION NAUTILUS

Die Originalausgabe des vorliegenden Buches
erschien unter dem Titel *Le testament russe*,

INSTITUT FRANÇAIS DEUTSCHLAND

Dieses Buch erscheint
im Rahmen des
Förderprogramms
des Institut Français

Editorische Notiz:
Ossip Mandelstam wird zitiert nach *Das Rauschen der Zeit*, Zürich 1985, aus dem Russischen von Ralph Dutli. Alle anderen Literaturzitate übersetzt von Lena Müller aus dem französischen Original des Romans.

Edition Nautilus GmbH
Schützenstraße 49 a
D-22761 Hamburg
www.edition-nautilus.de

Deutsche Erstausgabe September 2021
Umschlaggestaltung:
Maja Bechert
www.majabechert.de

FSC www.fsc.org MIX Papier aus verantwortungsvollen Quellen FSC® C083411

Druck und Bindung:
CPI - Clausen & Bosse, Leck
1. Auflage
ISBN 978-3-96054-260-5

Zeit, du scheue Chrysalide, mehlbestäubter Kohlweißling, junge Jüdin, die du dich ans Schaufenster des Uhrmachers schmiegst – schau lieber nicht her!

Ossip Mandelstam,
Die ägyptische Briefmarke

Die Welt entwickelt sich allein durch Häresien weiter, durch diejenigen, die die Gegenwart verwerfen, so unerschütterlich und unfehlbar sie auch scheinen mag. […] Nur die Häretiker, die die Gegenwart im Namen der Zukunft verwerfen, sind der ewige Gärstoff des Lebens und sorgen dafür, dass das Leben sich ewig vorwärtsbewegt.

Jewgeni Samjatin,
zitiert nach Jorge Semprúns Vorwort
zur französischen Ausgabe
seines Romans *Wir*

Prolog

Gestern erst habe ich ihn wieder gesehen. Im Dunklen ist er auf der Straße aufgetaucht, am Waldrand, den Kopf schräg über dem kleinen Körper, unentschlossen über den weiteren Weg, zögerlich, ob er die Straße überqueren oder zurück in die samtige Finsternis sollte. Die Scheinwerfer meines Taxis erleuchteten nur die linke Straßenseite, die Baumstämme und seinen Kopf. Er schien so weiß wie das Licht, strahlend wie eine Schneegestalt, sein gesträubtes Fell rahmte glitzernd sein Gesicht. In seinen Augen drehten sich Räder in Blau und Grau, er wusste nicht, ob er Angst haben sollte oder nicht.

Auf dieser Strecke begegne ich oft kleinen Wölfen, wenn ich, aus Parnas kommend, den Weg zu meinem Refugium in Pargolowo durch den Schuwalow-Park abkürze. Es gibt dort auch stromernde Wildschweine, aber über sie kann ich nichts sagen. Angesichts ihrer unförmigen Körper und ihrer Dickköpfigkeit, mit der sie immer geradeaus stürmen, auch wenn der Instinkt ihre Flanken krümmt, ist mein Herz hart wie Stein.

Mitten im Wald taucht plötzlich der See auf, verliert sich hinter den Bäumen, die sich wie schlaflose Soldaten kaum noch aufrecht halten können, und stößt dann wieder an die Straße. Das herrschaftliche Backsteingebäude mit den hellen, vom Jugendstil inspirierten Säulen und Glockentürmen wurde Anfang der neunziger Jahre von der Stadt Sankt Petersburg als Altersheim errichtet.

Ich komme von einer Sitzung bei meinem Therapeuten. Die Heimleitung hat mir diese Besuche seit einigen Monaten verordnet. Meine Enkelin, die die unbequeme Verantwortung auf sich genommen hat, meine allererste Reise zu ihr in die Vereinigten Staaten zu organisieren, sie dem russischen Verwaltungsapparat abzutrotzen, konnte nichts dagegen tun. Ich weiß nicht, ob es die Begeisterung über das neue Jahrtausend war, die sie dazu brachte, mein Leben in die Hand zu nehmen, mich von meinem Sockel, aus meiner Stadt zu holen und mich ins Ausland zu schicken.

Ich hatte mich auf die Behauptung verstiegen, dass uns, wenn es Pontius Pilatus nicht gegeben hätte, die Shoah erspart geblieben wäre, der Erste Tempel den Zeloten offen gestanden hätte und das Judentum und das Christentum zwei Strömungen derselben Religion gewesen wären. Zuerst haben sie getan, als würden sie mir zuhören. Mir als betagter russischer Jüdin begegnen die Leute immer mit einer Art respektvoller Vorsicht. Dann begannen sie, sich über mich lustig zu machen, mit Nachsicht, wohl weil sie dachten, ich würde betrunken vor mich hinplappern, traumatisiert wie sie vom Ende der Sowjetunion. Schließlich, angesichts meiner Besessenheit von dieser angeblichen Schnapsidee, ist ihnen das Lachen vergangen. Sie verstummten, sobald sie mich sahen.

Das Heim beherbergt die Gespenster der Vergangenheit, die Schlafwandler, die sich weigern aufzuwachen. Die Leitung weiß nicht, dass wir nicht das Gedächtnis verloren, sondern bloß das teilweise, punktuelle Vergessen gewählt haben, um uns Tag und Nacht in diesen wattigen Schlaf zu flüchten. Weil niemand damit rechnet, dass ein Gespenst redet. Weil wir uns in unseren Träumen verkriechen wollen, um nicht gestört zu werden. Ein Traum braucht keine Berechtigung, er muss nur alt genug sein, um uns in Blut und Knochen überzugehen.

Die Reifen des Wagens zermalmten die glatten Kiesel wie Taubeneier. Ich nahm den Seiteneingang zum Treppenhaus, auch wenn ich in der abendlich leeren und dunklen Halle im Erdgeschoss niemanden gestört hätte. Dann verließ ich mein Zimmer nicht mehr, weder zum gemeinsamen Abendessen, noch zur Bridgerunde. Den ganzen heutigen Tag habe ich hinter verschlossener Türe verbracht. Meine Keksdosen und die in Schwarztee eingelegten Kirschen helfen mir über diese Momente der selbstgewählten Isolation.

Ich schlafe wenig. Die weißen Samen der Schlafmittel können nichts ausrichten, sie lösen sich im feuchten Atem meiner Nächte auf. Aus den Alkovenfenstern meiner Mansarde schaue ich auf den See, der nie ganz dunkel ist, auch nicht mitten in der Nacht. Die Lichtpunkte vom anderen Ufer ziehen sich waagerecht über die Wasseroberfläche und zerfallen am Fuß des Waldes zu winzigen silbrigen Schuppen.

Der Brief erwartete mich auf dem Nachttisch. Ich habe ihn wieder und wieder gelesen, und bei jedem Lesen ist meine Verwirrung größer geworden. Ich weiß nicht, wie mich diese junge Frau ausfindig gemacht hat. Ich bin erstaunt über die Entschlossenheit, mit der sie über drei Kontinente hinweg die unsichtbaren und meist längst vergessenen Punkte verbunden hat. Ihr Brief, den sie wohl ins Russische übersetzen ließ, ist nach Boston zu meiner Enkelin gegangen, bevor er hierher zu mir nach Sankt Petersburg weitergeleitet wurde.

Sie hat mir die Geschichte des kleinen Mädchens in Erinnerung gerufen, in einem der Bücher im Verlag meines Vaters, das rostige Uhren aus dem Sand ausgrub, statt Reisig zu sammeln. Die Kinder- und Jugendliteratur der meisten Verleger jener Zeit war der sowjetischen Propaganda verschrieben. Die Autoren nahmen ihre Figuren als Geiseln und benutzten sie als Maulesel für ihre politische Botschaft. Aber mein Vater, der den Raduga-Verlag schon ohne die Erlaubnis des sowjetischen Machtapparats gegründet hatte, ist nie hinter dieser roten Linie geblieben.

Ich lese den Brief nicht gern bei Tag: Der Name meines Vaters wirkt darin so blass, fast banal. Das Sonnenlicht lässt die Worte schwächlich und durchsichtig scheinen, während sie in der Nacht gehaltvoll, wie mit einem riesigen Kolben destilliert sind. Ihre Schrift in blauer Tinte zeigt, dass sie sich Mühe gegeben hat mit dem Namen meines Vaters, Lew Moisejewitsch Kljatschko, und ich stelle mir vor, wie sie kaum merklich über ihn stolpern würde, müsste sie ihn in meiner Gegenwart aussprechen. Sie erzählt auch viel von sich, von ihrer Kindheit und Jugend, um ihre Neugier auf die Wahrheit über meinen Vater, über sein Lebensende zu rechtfertigen. Sie schreibt, wie betroffen sie war, als sie erfuhr, dass er an Tuberkulose gestorben sei. Im Winter 1933. Wie soll ich ihr erklären, dass mein Vater sich glücklich schätzen konnte, drei Jahre vor den Moskauer Prozessen aus dem Leben zu scheiden? Der Tod zerfraß ihn von innen heraus, die Tyrannei hat ihn nicht in den Schmutz zerren können.

Dieses Mädchen aus einem weit entfernten Land, wo Kühe mehr wert sind als Frauen, lässt meine Nächte beben, der Boden unter meinen Füßen bekommt Risse und ich weiß nicht, ob ich Angst oder Freude spüre, während ich ihr dabei zusehe, wie sie das Grab öffnet. Noch weiß ich nicht, ob es ein gewöhnliches Wildschwein ist, das sich, angelockt vom Gestank, durch den Schmutz wühlen wird, oder um einen Wolf, unbeweglich inmitten meiner Nacht.

Tania

Als Erstes fiel ihr sein Oberlippenbart auf, der ihm wie schwarzer Rotz unter der Nase klebte. Das gescheitelte Haar über seinem teigigen Gesicht hatte etwas Schmieriges und Lächerliches. Tania hatte noch nie jemanden wie ihn gesehen, weder in ihrem Viertel, noch in der Schule in ihrem Geschichtsbuch. Sie betrachtete den Umschlag dieses Buchs, das nach Benzin und Rauch stank und ihr fast in den Händen brannte. Die vorher vergilbten Ränder der Seiten waren jetzt verkohlt.

Sie schaute sich um. Die Brandstifter waren mit ihren Benzinkanistern und Fackeln weitergezogen. Die anderen Buchhändler hatten die Eisengitter heruntergelassen und sich aus dem Staub gemacht. Im schummrigen Licht der Straßenlaternen konnte Tania ihren Vater sehen, der mitten auf der von Straßenbahnschienen geriffelten Straße auf dem Boden saß, neben einem Haufen Asche. Prakash hörte auf zu weinen. Er schniefte von Zeit zu Zeit und wischte sich mit dem Ärmel die Nase, während er lose Seiten, Umschläge und das ein oder andere vollständige Buch aufsammelte.

Prakash verbrachte sein Leben in seiner Höhle aus Büchern. Wie bei seinen Nachbarn stapelten sie sich bis unter die Decke, als wären sie zusammengeschraubt, um den Eingang, den Verkaufstresen, die

Decke und die Wände zu bilden. Hunderte von Buchhändlern verbrachten so ihre Tage nebeneinander in ihren Höhlen an der College Street, im Schutz der Mauern der ältesten und berühmtesten Universitäten der Stadt, in die sie noch nie einen Fuß gesetzt hatten.

Prakash verkaufte ausländische Literatur – vor allem russische, aber auch französische, deutsche, italienische und spanische –, übersetzt ins Bengali.

Er hatte sein Geschäft nie als illegal verstanden, auch wenn für viele Werke nie Urheberrechte an die Originalverlage bezahlt worden waren. Die Gebirge und Ozeane wie auch die Unwissenheit des Westens in dieser Angelegenheit schützten ihn und die anderen Buchhändler vor juristischen Klagen. Kalkutta war ein Raumschiff, das durch die Galaxis und über Grenzen hinweg reiste, um heimlich in fremden Ländern zu landen und die Archive der Vergangenheit und der erträumten Zukunft mitzunehmen, sodass sich in der Vorstellung der Leserschaft aus der College Street der Duft von Lotos mit Lavendel mischte, der Regen nach Schnee schmeckte und manchmal die Schatten weißer weiblicher Silhouetten über ihr Begehren huschten.

Als man ihm *Mein Kampf* anbot, hatte Prakash nicht abgelehnt, er verkaufte immerhin auch *Das Kapital* und die Biografien von Gandhi, Subhash Chandra Bose und Martin Luther King. Er hatte darin bloß ein Zeichen für die Vielfalt politischer Ideologien gesehen, und dass es sich um Bestseller handelte. Der Genozid fremder Völker hatte ihn nie berührt. Die politischen Krisen Indiens ebenso wenig: Streiks, Demonstrationen, Aufstände, er zählte sie nur in sabotierten Werktagen.

Die Kommunisten hatten mit einigen Aktivisten aus den NGOs seit Anfang Januar seinen Stand in der College Street im Visier gehabt. Das Jahr 1983 hatte schlecht begonnen. Sie waren eines Nachmittags aufgetaucht. Hatten einige Bände aus den Stapeln gezogen, als ob sie einen Tempel niederreißen würden, sehr höflich, ohne zu fluchen. Nach ein paar Slogans hatten sie einen Haufen Bücher mitten auf der Straße angezündet. Im Eifer des Gefechts hatten sie nicht zwischen einem Band von Rilke und der Nazibibel unterschieden. Ihre Energie war, zusammen mit den Flammen, so beeindruckend gewesen, dass niemand sich gerührt hatte. Auch sie hatten einen Augenblick regungslos verharrt, bevor sie weitergezogen waren.

Prakash wandte sich zum Gehen, sein Zuhause lag unweit der Verkaufsbude im Labyrinth der kleinen Gassen hinter der College Street. Seine Tochter beachtete er kaum, nickte ihr zerstreut zu.

Tania blies auf das Buch, wischte es mit der Hand sauber und steckte es unter ihren gelben Pullover, der eng an ihrem zierlichen, verschreckten Körper lag. Sie wusste nicht, ob sie es eines Tages lesen würde. Sie wusste auch nicht, ob das, was sie tat, ihrem Vater noch mehr Ärger einhandeln würde. Das verkohlte Buch hatte ihre Neugier geweckt, sie wollte es retten und an einen sicheren Ort bringen.

Nach der Geburt von Tania, ihrem ersten Kind, war Mira blutleer gewesen, aufgerissen, im Unterleib verwüstet. Das nahm sie ihrer Tochter übel. Solange Tania in ihrem Bauch war, konnte Mira sich vorstellen, Mutter zu werden, aber sie verzieh ihr nie, herausgekommen zu sein, noch dazu mit solcher Gewalt. Sie sah es als Verrat.

Ihr Groll wurde zu Wut, als ihre Schwiegereltern sie belächelten, weil sie keinen Jungen auf die Welt gebracht hatte. Sie kümmerte sich nicht um den Säugling und beäugte ihre Schwägerinnen misstrauisch, wenn sie das Kind fröhlich plappernd in den Arm nahmen und behaupteten, es würde bald einen Bruder bekommen. Als Mira versuchte zu stillen, nahm die Kleine bloß die Brustwarze in den Mund und verharrte reglos, verträumt. Mira lachte auf, wurde dann wütend und legte sie auf dem Boden ab. Einmal so heftig, dass ihr Kopf gegen den Betonboden schlug. An jenem Tag ohrfeigte Prakash sie.

Er fühlte sich als stolzer Vater eines entzückenden Babys und beschloss, ihm einen russischen Namen zu geben, auch wenn seine schwarz glänzenden Locken und sein winziger lehmfarbener Körper nichts gemein hatten mit den weißen Babys, dick und rund wie Gänse, aus diesem fernen, fast unwirklichen Land. Prakash ließ sich von seiner Kundschaft und deren Begeisterung für russische Literatur inspirieren. Die kommunistischen Aktivisten und Intellektuellen kannten die politischen Strategien, die die indische Regierung verfolgte, um sich mit den sowjetischen Machthabern gutzustellen, ohne die diplomatischen Bemühungen in Richtung der Vereinigten Staaten zu vernachlässigen. Russland gehörte quasi zur Familie, zu ihrem Leben. Sie erinnerten sich stolz daran, dass die Kommunistische Partei Indiens nicht etwa in Indien, sondern in Taschkent von dem Bengalen Manabendra Nath Roy gegründet wurde, der von Lenin zum zweiten Kongress der Komintern nach Moskau eingeladen worden war. Slawische Namen gingen ihnen leicht über die Lippen, wenn sie in den Buden am Straßenrand Tee mit Milch tranken und nach Dieselabgasen stinkende, frittierte Teigtaschen mit Auberginen und Kartoffeln aßen, während die Busse und Lastwagen hupend ihre Stimmen übertönten. Sie fühlten sich allem Russischen zugehörig, ihre politischen Kämpfe und ihre existentialistische Suche orientierten sich an den Vorkämpfern der zwanziger, dreißiger Jahre, der Zweite Weltkrieg schien ihnen interessant nur im Lichte von Stalins Eingreifen. Sie liebten das Bolschoi-Ballett, gingen mit ihren Kindern in den russischen Zirkus und feierten die Siege von sowjetischen Athleten bei den Olympischen Spielen im Namen eines Patriotismus ohne Grenzen. Es war nicht ungewöhnlich, im Kalkutta der siebziger und achtziger Jahre Kindern zu begegnen, die auf die Namen Karl, Gogol, Pawel oder gar Bulganin hörten.

Mira hatte sich in sich selbst zurückgezogen. Ihr

Bauch war ein ausgebrannter Ofen, wo es zwischen Kohle und Asche keine Liebe und kein Begehren mehr gab. Sie hatte den Vornamen Tania gehasst, dessen fremder Klang das Baby noch weiter von ihrer inneren Welt entfernt hatte. Mit zwei Silben, zwei Tropfen Zaubertrank hatte ihr Mann ihr das Kind entrissen und es in die Ferne entführt.

Ihre Gefühle zu ihrem Kind hatten etwas Unbeholfenes. Die spärliche Zuneigung, die sie für es empfand, war vermischt mit Zorn, und wenn sie gekonnt hätte, hätte sie es genommen und zurück in ihren Bauch geschoben. Sehr bald vergaß sie, es zu lieben.

Im Heranwachsen entwickelte Tania eine instinktive Wachsamkeit ihrer Mutter gegenüber, deren Wut sie jeden Moment unvermittelt treffen konnte, und eine traurige Liebe zu ihrem Vater, der sie mit Zuneigung nur heimlich bedachte, stets in Angst, den Zorn seiner Frau auf sich zu ziehen.

Als ihre Tochter sieben oder acht Jahre alt war, wurde Miras Abneigung zu Hass. Anstelle ihres niedlichen Gesichtchens bekam die Kleine immer männlichere Züge. Um sie zu bestrafen, brachte Mira sie eines Tages zum Männerfriseur auf dem Markt. Auf dem mit grünem Kunstleder bezogenen Holzstuhl, den man mit ein paar Backsteinen aufgebockt hatte, weinte Tania stille, heiße Tränen. Der Friseur schreckte vor der Forderung der Mutter zurück, kannte aber ihre Streitlust, beugte sich ihrem Willen und schor den kleinen Kopf kahl. Die Folgen dieses Besuchs waren jedoch erfreulich: Tanias Haar wuchs dichter und länger als bisher, umspielte ihr Gesicht und fiel wie sonnenreife Trauben auf ihre Schultern.

Aber Tania kannte den Grund für die Härte ihrer Mutter und schämte sich ein wenig. Es war ihr unangenehm für ihren Vater, denn man warf ihr vor, ihm zu ähneln. Sie wurde vertrieben aus jenem glücklichen Garten, in dem die Frauen sich gegenseitig die Spiegel hielten. Heimlich beobachtete Tania ihren Vater. Sie empfand ihm gegenüber eine immer stärkere heimliche Zärtlichkeit, sie war stolz, ihm ähnlich zu sein. Sie betrachtete sich im Licht einer Sturmlaterne im Spiegel und sah in ihren Zügen eine Stärke pulsieren.

Sehr schnell lernte sie, das zu lieben, was ihrem Vater heilig war: seinen Bücherstand. Wenn sie von ihrer Mutter ausgeschimpft wurde, fand sie dort Zuflucht und vergaß die Schreie, Drohungen, Beleidigungen, sie vergaß die Stunden, die vergingen, getragen von ihrer Hängematte aus Worten. Die Sätze umschlangen sie wie Lianen, hüllten ihren Körper ein, nahmen ihren Atem in sich auf. Umgeben von einem fremden Duft, beschienen von dem sanften Leuchten eines fernen Landes, tauchte sie wieder auf. Lesen war wie schweben. Ein Flug über die baufälligen Dächer und den Gestank von Schlamm und Gewürzen. Immer winziger, immer ferner verschwand Kalkutta aus ihrem Blickfeld wie ein ungeliebter Planet. Sie war ein Kind vor einer fremden Welt. Nichts war realer als Bücher. Tania lebte am Rand, wie die Gänseblümchen, die zwischen den Gleisen wachsen, zu unwichtig und zu zäh, um von der brüllenden Lokomotive zermalmt zu werden.

Tania betrat das Haus hinter Prakash, ging in ihr kleines Zimmer und zog einen der Schuhkartons unter ihrem Bett hervor. Dort versteckte sie ihre Bücher, die sie sich im Laden ihres Vater *geliehen* hatte, ein paar Münzen, die sie vom Altar geklaut hatte, Krimskrams, Spielzeug, ein Bild von Jesus Christus und eines von Björn Borg, aber auch die Katzenbabys, die sie auf der Straße zwischen Müllbergen aufsammelte, auch wenn ihr Maunzen schnell Mira alarmierte, die mit einem eisernen Pfannenwender aus der Küche gerannt kam und die verängstigten Tierchen mit Fußtritten in die andere Ecke des Zimmers beförderte.

Tania versteckte das verbrannte Buch unter den anderen Büchern. Mehr als Traurigkeit spürte sie Scham für ihren Vater. Sie spürte, dass er sich einer Sache schuldig gemacht hatte, die sie nicht verstand. Tania fühlte sich verraten von den Büchern, um die doch ihr Leben kreiste. Sie war sprachlos angesichts ihrer zerstörerischen Macht, obwohl sie ihr doch über das Unglück ihrer Geburt hinweggeholfen hatten. In den langen Jahren, in denen das Lesen ihre Rettung gewesen war, hatten sich Wahrheiten und Lügen grausam vermischt, um die innere Matrix der Menschheit zu bilden.

In der Woche nach der Bücherverbrennung wurde Tania krank. Eine schwere Angina hinderte sie daran, zur Schule zu gehen. Und so lernte sie hinter der geschlossenen Tür ihres Zimmers die Vorzüge des Fiebers kennen: Es war eine großartige Gelegenheit zum Lesen. Ihr Vater überraschte sie eines Abends, als er in ihrem Zimmer Licht machen wollte. Er betrachtete sie amüsiert und reichte ihr eine Schale mit dünnen Apfelspalten. »Verdirb dir nicht die Augen!«, sagte er und zog die Tür wieder zu.

Unter ihrer Bettdecke, die nach Schweiß und Gemüsesuppe roch, las sie einen Roman von Tschechow, den sie einige Tage zuvor heimlich eingesteckt hatte. Ganz weit oben war er im Laden ihres Vaters versteckt gewesen. Tania hatte auf den Verkaufstresen klettern müssen, um ihn sich zu angeln.

Mit jedem Zentimeter, den sie wuchs, verschwanden bei ihrem Vater und anderswo Bücher von weiter oben. *Mascha und das Kissen* von Galina Lebedewa, *Die erste Jagd* von Witali Bianki und andere Bilderbücher, die den milchigen Duft von Amulspray verströmten, und die Märchen von Baba Jaga, bei denen sie an die schmutzigen, feuchten Lappen in der Küche denken musste, hatten für sie ausgedient. Auf das Magazin *Mischa* zu Monatsbeginn wartete sie immer noch ungeduldig. Der Geruch der frischgedruckten Seiten kitzelte ihren Gaumen, als handelte es sich um Bonbons aus Schnee, auf dem Hirsche ihre Spuren hinterlassen und Birken ihre Umrisse gemalt hatten und die jemand vorsichtig in eine Zauberschachtel aus lackiertem Holz gelegt hatte. Neben den Abenteuern von Kindern, die sich stets durch vorbildliche Großzügigkeit und besonderen Mut auszeichneten, gab es zwei Seiten zum Russischlernen. Von der ersten Lektion an trug Tania überall ihren Namen in kyrillischen Buchstaben ein, in alle Schulbücher und Hefte. Allein in ihrem Zimmer redete sie manchmal auf Fantasie-Russisch mit sich selbst, die slawischen Worte purzelten ihr durch den Mund und stießen an ihre Milchzähne, während sie sich einen sonnigen Tag mit ein wenig Regen wünschte, der sie weder verbrannte noch durchweichte und auf ihren Handflächen nur den Geruch von Glanzpapier zurückließ.

Jetzt suchte sie Bücher, deren Worte schwer auf den Seiten wogen, sich wie Hindernisse vor ihr aufbauten und ihr das Gefühl gaben, in die Welt der Erwachsenen einzutreten.

Sobald sie einen Fuß vor die Tür setzte, waren die Buchhändler in Aufruhr. Sie wussten, dass Tania bei jedem beiläufigen Gespräch Bücher klauen konnte, vor allem solche, die nicht für sie bestimmt waren. Sie wussten nicht, wo sie sie verstecken sollten, und räumten ihre Auslagen jeden Monat um. Es war ein stillschweigendes Versteckspiel.

Während sie bei manchen Büchern diese Kontaktsperre verstand, wenn ihr zwischen den Seiten aus einer dunklen Quelle der heiße Dampf der Schuld entgegenschlug, schockierte sie Tschechows Roman eher wenig, eine keusche Geschichte über zwei junge Schwestern aus dem untergehenden Adel, deren Vater die Abwesenheit der verstorbenen Mutter durch eine gleichermaßen überbordende wie zerstreute Zuneigung auszugleichen versuchte. Die Ältere hütete den vergehenden Glanz der Familie, während die Jüngere schwer zu bändigen war. Sie verschmähte aufwändige Garderoben, den Nachmittagstee und andere gesellschaftliche Anlässe. Ihr lag nichts an einem porzellanweißen Teint. Sie streifte durch die Wälder, kletterte auf Hügel, biss in noch bittere Früchte.

Nach vielen Seiten aber stieß Tania auf die grünen Brüste der jüngeren Schwester, wie Äpfel aus dem Garten des Herzogs. Da hatte sie eine unglaubliche Vision. Brüste waren bisher weiß, schwarz, golden oder lehmfarben gewesen. Die Erinnerung an die Brüste ihrer Mutter war mittlerweile blasser als eine Milchwolke, es blieben ihr die Göttinnen, sinnlich und stolz, behangen mit seidenen Saris und klimperndem Schmuck. Die Brüste einer jungen russischen Frau tauchten auf und warfen ihren grünen, köstlichen Schatten auf diese trockene Erde.

Dann wurden ihr Russland und der Rest der Welt auf andere Weise nähergebracht, in der Schule, einer Einrichtung für Mädchen, bei der auch die Lehrerschaft ausschließlich aus Frauen bestand. In herrliche Saris gehüllt, die Haare zu langen Zöpfen geflochten oder zu schweren Knoten gebunden, den goldenen Schmuck stolz zur Schau tragend, schritten die Lehrerinnen mit königlicher Erhabenheit über den Campus.

Im Vergleich mit der Erdkundelehrerin, deren leuchtend weißer Sari mit rot-goldener Bordüre so glatt lag, dass sie an ein Bügelbrett erinnerte, und die ihre Schülerinnen beim Eintreten so lange schweigend musterte, bis alle stocksteif standen, war die Geschichtslehrerin Frau Basu sehr temperamentvoll. Sie war eher rundlich, ihr aufgelöster Haarknoten kitzelte sie im Nacken, und sie versuchte, ihn mit einem Kugelschreiber, einem Bleistift oder auch mit dem Lineal wieder festzustecken, mit dem die anderen Lehrerinnen aufs Pult schlugen, um geschwätzige Schülerinnen zum Schweigen zu bringen. Ihr Seidensari glitt ihr ständig von der Schulter, dann zog sie die Augenbrauen hoch, um ihre Verlegenheit zu überspielen, und zupfte ihn ungeschickt wieder zurecht. Am späten Nachmittag liefen ihr große Schweißtropfen über das erschöpfte Gesicht, sie unterbrach unvermittelt ihren Unterricht, forderte die Schülerinnen auf, den Stoff zu wiederholen, und drohte zum Schein mit einem unangekündigten Test. Dann schlief sie ein.

Sie verwandelte die Geschichte in ein Märchen. Bei ihr wurde die Realität zur Folklore und die Unterrichtsinhalte zu Abzählreimen. So erfuhr Tania, dass Russen zur Hälfte europäisch und zur Hälfte asiatisch seien, da sie Hemden trügen, darunter aber Hosen.

Diese und andere unglaubliche Wahrheiten über die Russen enthüllte Frau Basu, und sie zog in Tanias Vorstellung die Grenzen, innerhalb derer sich die weiten Ebenen der Taiga, der Tundra und der Steppe erstreckten, die Städte Moskau und Sankt Petersburg, wo die Männer ihre bestickten Hemden über der Hose trugen, Wodka tranken, auf der Straße Akkordeon spielten, um ein wenig Kleingeld zu verdienen, während ihre Hunde den Spatzen hinterherjagten. Junge Frauen aus Adelsfamilien spazierten in Begleitung ihrer Gouvernanten am Seeufer entlang und flüsterten ein paar kursiv gesetzte Sätze auf Französisch, die der Übersetzer aus dem Original übernommen hatte.

Nachdem sie Tschechows Roman zu Ende gelesen hatte, wurde Tania jeden Monat einmal krank. Ihre Eltern verstanden nicht, warum sie plötzlich eine so zarte Gesundheit hatte. Ihre Mutter schimpfte vor sich hin, während sie ihr Suppe kochte, ihr Vater brachte ihr weiter in feine Spalten geschnittene Äpfel, während Tania in ihrem Zimmer, vor der Welt durch den Vorhang des Fiebers geschützt, russische und bengalische Romane las, wie eine vielfarbige Patchwork-Decke, die sie über ihren kleinen Körper breitete.

Prakash hatte für russische Literatur treue Kunden. Mitglieder der kommunistischen Partei, Literaturstudenten, junge Dichter, von denen es auf der College Street wimmelte, wenn sie aus dem Presidency College und der Universität von Kalkutta zum stundenlangen Debattieren ins Coffee House strömten, kamen auf der Suche nach Klassikern und zeitgenössischer Literatur an seinen Stand.

Die Welt sah damals von der UdSSR nur die Spitze des Eisbergs. In Bengalen überlebten die Aktivisten und Intellektuellen in einer Blase, geschützt vor dem religiösen Nationalismus, der den Rest des Landes nach und nach eroberte.

Prakash deckte sich regelmäßig mit den Werken von Tolstoi, Dostojewski, Turgenjew, Tschechow, Puschkin und Gorki ein, außerdem der Jugendliteratur von Dmitri Mamin-Sibirjak, Arkadi Gaidar …

Tania lieh sie sich, ohne ihren Vater zu fragen, der so tat, als merkte er nichts. Auf der letzten Seite fand sich immer eine Nachricht an die Leser: *Sie möchten uns Ihre Meinung zum Inhalt dieses Buchs, zu seiner Übersetzung und Aufmachung oder Ihre Vorschläge mitteilen? Ihre Zuschriften sind stets willkommen. Wir hoffen, dass die in Ihre Muttersprache übersetzte russische und sowjetische Literatur es Ihnen erlaubt, die Kultur und die Lebens-*

weisen der Menschen in unserem Land kennenzulernen. Darunter die Postadresse der beiden meist beteiligten Verlage: Raduga und Progress, beide Subowski Bulvar 17, manchmal auch 21, 119859 Moskau, UdSSR. Mehrmals überlegte Tania, ihnen zu schreiben, aber ihr fehlte der Mut. Moskau existierte nur in ihren Träumen und die Idee, mit diesem Reich der Träume in Kontakt zu treten, schien ihr zwecklos.

Sie hatte den Eindruck, immer dieselbe Geschichte zu lesen, ein armer, vom Schicksal gebeutelter Mann, der tausend Hindernisse überwinden musste. Er aß Schwarzbrot, ein müder Hund begleitete ihn überallhin, er trank Wodka am Feuer mit den Freunden aus der Kindheit, bevor er von seiner Familie, seiner Stadt, seiner Liebsten getrennt wurde und in die Ferne musste, an die Front, in den Schnee, in den Schneesturm, vom Typhus heimgesucht. Er trug einen Ledermantel und besaß einen Revolver. Er zitterte, stand aber aufrecht wie eine Fahne im Wind.

Ein Schwarm Spatzen flatterte auf und verteilte sich über den Aprilhimmel, wie eine Handvoll Linsen, die eine ungeduldige Köchin in die Luft geworfen hatte.

Verstohlen senkte Tania den Blick zum Buch in ihrem Schoß, las einige Sätze, schaute dann wieder zur Tafel, nickte und tat, als hörte sie der Lehrerin zu. An diesem Donnerstagnachmittag referierte Frau Basu über die Geschichte Chinas. Die Zeichnungen der Ming-Vasen hinterließen seltsame Abdrücke im Schnee der Tundra. Tania war so vertieft, dass sie nicht bemerkte, dass Frau Basu zu reden aufgehört hatte und sie halb amüsiert, halb verärgert anschaute. Ihre Banknachbarin versetzte ihr einen Stoß mit dem Ellenbogen. Tania fiel es schwer, ihren Blick vom Buch loszureißen, dann sagte sie »ja, ja« und nickte in Richtung Tafel. Die ganze Klasse brach in Gelächter aus, Frau Basu sagte: »Möchtest du uns sagen, was du da so gierig heimlich liest?«

Ihre Mitschüler warfen ihr vor, ausländische Bücher zu lesen, Geschichten von Menschen, die anderswo lebten, weit weg, wo es schneite und so kalt war, dass sogar Väter und Mütter ungeniert Alkohol tranken.

Die Lehrerin gab der Forderung der Klasse nach und bat Tania zu sich auf das Podest. Den Rücken zur Tafel, die Hände auf der Schnalle des roten Gürtels, der ihre weiße Uniform taillierte, erzählte sie die Geschichte von Artaud, dem treuen Hund, der nicht an Reiche verkauft werden wollte, der seine Leine durchgebissen hatte, um sich zu befreien, über hohe Mauern gesprungen und durch die Nacht gerannt war und schließlich sein Herrchen wiedergefunden hatte, einen Waisenjungen und Gehilfen eines alten Akkordeonspielers.

Tania ging auf jedes Detail ein, übertrieb, schmückte die Geschichte nach den Wünschen ihrer Mitschülerinnen aus. Die Mauer um das herrschaftliche Anwesen an der Schwarzmeerküste wurde immer höher, die Hecken immer dorniger, der Hund war an Witz und Mut nicht zu übertreffen, seine Zotteln wuchsen über die Seiten hinaus und die Falten des Alten wurden immer tiefer, schmutziger, seine Augen trunken vom Wodka und vergeblichen Träumen. Die Mädchen kicherten, schimpften auf die machiavellistische Familie, die den Hund gestohlen hatte, hielten den Atem an in der Nacht, als der Junge um die Mauern des Anwesens rannte, und atmeten auf, als der alte Mann, der Junge und der Hund, das Fell voller Staub und Heidekraut, wieder vereint waren.

Von dem Tag an forderten ihre Mitschülerinnen und ihre Lehrerinnen immer neue Geschichten. Aufrecht auf dem Podest, die Hand an der Schnalle des roten Gürtels, erzählte sie ihnen wie Scheherazade tausendundeine Geschichte von Aljonuschka, die beim Schlafen nur ein Auge schloss, den zänkischen Puppen Anja und Katja, von der Langnase Petruschka und seiner nervösen Frau Matrjona Iwanowna, den beiden Schwestern Olga und Xenia und ihrem Freund Timur, den bescheidenen Feldblumen und der einsamen Mücke, die glaubte, der Winter sei nur eine böse Erfindung der Menschen, um alle Mücken der Welt zu töten.

Die Stunde schritt voran, aber oft blieben noch ein paar Minuten bis zur Glocke. Dann gab es die nächste Folge. Es ging nicht mehr darum, die Sätze, die sie gelesen hatte, wiederzugeben, sondern zu erfinden, was sie gerne noch gelesen hätte. Tania entdeckte die Macht ihrer eigenen Worte, die die Augen ihrer Mitschülerinnen zum Leuchten brachten, Worte, die aus den Seiten flossen, weiter wucherten und die hypnotisierten Mädchen umfingen wie Lianen alte Statuen. Sie entdeckte die aufregende Grenze zwischen Wirklichkeit und Erfindung, zwischen dem, was geschrieben steht und dem, was noch geschrieben werden wird, die Lust am Unvollendeten. Wie eine bestimmte Note in der Musik war jedes Wort dazu berufen, eine bestimmte Emotion zu wecken. Wie eine Dirigentin schwang Tania ihren unsichtbaren Taktstock und die ganze Klasse jubilierte in allen Tönen, ein verzauberter Chor.

Tania riskierte nicht Kopf und Kragen, sie verschob bloß die rote Linie der Zeit, bis zum Horizont, so weit sich die Jugendtage dehnen ließen.

Einen Monat vor ihrem dreizehnten Geburtstag schreckte Tania an einem frühen Sonntagmorgen von einem durchdringenden Schrei aus dem Schlaf. Die ganze Nacht hatte ein Sommergewitter gewütet. Von der feuchten Brise bekam sie eine Gänsehaut. Sie hörte laute Stimmen, einen Streit. Sie wälzte sich im Bett hin und her, versuchte, wieder einzuschlafen, und riss dann die Augen auf. Sie hatte verstanden, was ihre Mutter schrie.

Tania setzte sich im Bett auf und lauschte am geschlossenen Fenster in den Hof, wo ihre Eltern in diese morgendliche Streiterei verwickelt waren. Schnell begriff sie, dass sie selbst der Anlass der Auseinandersetzung war. Mira warf Prakash vor, ihrem einzigen Kind nur Unsinn in den Kopf zu setzen und es anzustiften, sein Leben zu vergeuden. Tania war überrascht, dass ihr Vater der Mutter Recht gab. Sicher mit weniger Nachdruck in der Stimme, aber auch er war der Meinung: Um Tanias Zukunft stand es schlecht.

Sie rief sich die letzten Tage in Erinnerung, um den Anlass für die Wut ihrer Eltern zu verstehen, aber sie fand nichts. Sie war eine gute Schülerin, in manchen Fächern sogar Klassenbeste, ihre Lehrerinnen mochten sie, ihre Mitschülerinnen bewunderten sie, was sie aus Stolz hinter kleinen Hänseleien versteckten. Tania war nie zu spät nach Hause gekommen, sie besaß weder Fotos von Filmstars noch Make-up. Sie war verwirrt. Dann hörte sie das Wort »Tagebuch« und erstarrte. Die Schreie ihrer Mutter, die sich gleichzeitig im Hof zu schaffen machte, wurden immer lauter. Tania öffnete die Läden einen Spaltbreit und sah ihre Eltern im Hof: Ihr Vater hatte einen Benzinkanister in der Hand, während die Mutter wütend etwas zerriss, was Tania als ihr Tagebuch erkannte. Mira gelang es nicht, alle Seiten gleichzeitig herauszureißen, und das machte sie noch wütender. Sie fluchte, schimpfte und drohte der Tochter, die ihr so viel Unglück und Schande brachte.

Tania schloss die Läden wieder und rollte sich unter ihrer Decke zusammen. Ihr Herz raste in ihrer Brust wie ein panischer Hund. Die Idee für das Tagebuch war ihr beim Lesen eines Buchs gekommen, auf dessen Umschlag ein Schwarzweißfoto eines Mädchens abgebildet war. Ein offenes Lächeln sprach aus ihren großen Augen, die in tiefen Höhlen in ihrem schmalen Gesicht lagen wie zwei kleine Boote. Ihre schwarzen, lockigen Haare reichten ihr bis knapp über die Schultern. Sie trug ein weißes Hemd und hatte die linke Hand auf dem Tisch abgelegt, an dem sie saß, eine winzige Armbanduhr an ihrem knochigen Handgelenk. Die Shoah begegnete Tania zum ersten Mal in dem Raum zwischen der Mauer und dem Schrank, hinter dem sich die Familie Frank in Amsterdam versteckt hielt. Beim ersten Lesen war sie wie vor den Kopf gestoßen. Keines ihrer russischen Bücher erzählte diesen Teil der Geschichte, die sich für sie direkt hinter der bolschewistischen Grenze abgespielt hatte. Dort, in diesem weiten, verschneiten Land, wo ein betrunkener Alter singend mit seinen mageren Fingern die Tasten eines Akkordeons drückte, wo die armen und oft elternlosen Kinder in Höfen mit Böden aus gestampftem Lehm aufwuchsen, Schweine und Hunde am Schwanz zogen und zuhörten, wie der Topf, den die Arbeiter ihres Vaters und ihrer Mutter mit Speck und Kartoffeln füllten, auf dem Ofen brodelte, schienen alle von einer Prosa getragen, die den Traum wie eine Körperkraft in sich trug. Dort waren die Elenden von einem Heiligenschein umschienen, die Sätze leuchteten um ihre Köpfe wie eine vage Idee von Glück und Möglichkeiten.

Das Tagebuch der Anne Frank hatte einen Abgrund aufgetan, so schwarz und riesig, dass Tania krank wurde. Zuerst hatte sie leiden wollen wie sie, dann hatte sie sich dafür geschämt, als hätte sie einen heiligen Ort entweiht.

Die Sätze ragten in die Höhe wie Mauern, hinter denen das Grab der Menschheit lag, und nichts und niemand durfte sie überwinden.

Dann hatte sie begonnen, fast ohne es zu merken, den Nachbarjungen zu beobachten, der seine Hausaufgaben immer auf der Terrasse auf einer Matte liegend erledigte. Sudip hatte sie an Peter erinnert. Tania verstand, dass die einzige Verbindung zwischen den beiden darin bestand, dass Tania über ihn schreiben konnte, wie Anne über Peter geschrieben hatte.

Tania versuchte zu verstehen, was ihre Eltern so aufbrachte, die Tatsache, dass sie sich in einen Jungen ihres Alters verliebt oder dass sie es aufgeschrieben hatte. Nebulöse, von Gedichten von Tagore durchzogene Sätze, auf die sie sogar etwas stolz war, die zarte Liebe bot Anlass für Stilübungen. Sie fand keine andere

Begründung: Das Aufschreiben ihrer Gedanken hatte sie in Gefahr gebracht.

Sie blieb bis spät in den Vormittag im Bett und fürchtete die ganze Zeit, ihre Mutter könnte die Tür zu ihrem Zimmer aufreißen und sich auf sie stürzen. Aber niemand kam, weder Mira noch Prakash. Sie waren geschäftig, gingen von Raum zu Raum, redeten leise miteinander. Das Klappern des Geschirrs, das gedämpfte Pfeifen des Druckkochtopfs, das Miauen der Katzen erweckten den Eindruck eines ganz normalen Tages, als wäre alles wieder in Ordnung.

Der Tag neigte sich dem Ende zu. Ihre Eltern hatten sie nicht bestraft und nicht zum Essen gerufen. Sie hatten den Sonntag damit verbracht, sie durch ihr Schweigen zum Verschwinden zu bringen. Gegen siebzehn Uhr war ihr vor Hunger ganz schwindelig und sie musste aufstehen. Tania ging in die Küche und nahm sich etwas zu essen. Ihre Eltern saßen in dem kleinen Innenhof vor der Tür, sie tranken ihren Abendtee.

Die Stunden vergingen. Tania hatte keine Kraft, um im Hof nachzuschauen, wie es um ihr Tagebuch stand, das seine Geheimnisse preisgegeben hatte. Sie dachte darüber nach, dass ihre Eltern sie nur deshalb nicht bestraft hatten, weil sie sich nicht mit den Tatsachen konfrontieren wollten, nicht etwa aus Nachsicht. Sie hatte sofort verstanden, dass ihre Eltern vor Scham fast vergingen und ihr kleines Heft als Beweis eines schrecklichen Fehlers sahen. Das Schweigen war der einzige Weg, um diese Prüfung zu überstehen.

Und dann sprang Tania plötzlich auf und rannte in den Hof. Eine kleine Mauer fasste ihn ein, aus den erleuchteten Fenstern der Nachbarn drang friedliches

Stimmengemurmel, Lachen und Lieder aus dem Radio, Filme aus dem Fernsehen. Eine einzelne Glühlampe baumelte von einer Säule und erleuchtete nur schwach den Hof, in den Tania stolperte, ohne recht zu wissen, was sie suchte. Dann sah sie in der linken Ecke, gleich unter dem Fenster zu ihrem Zimmer, einen Haufen Asche. Das kartonierte Heft hatte sich gebogen wie ein Geisterschiff; sobald sie es berührte, zerfielen die Seiten unter ihren Fingern. Alles war kalt und trocken.

Zurück in ihrem Zimmer wusste Tania nicht weiter. Sie fühlte nichts, weder Angst noch Traurigkeit, noch nicht einmal Wut. Dann zog sie sich an und schaute ins Wohnzimmer.

Prakash und Mira lagen auf dem Sofa und schauten einen Film von Uttam-Suchitra im Fernsehen. Die Putzfrau hatte ihre Arbeit beendet, aber noch nicht den Zug zurück in die Vorstadt genommen, sondern sich vor dem Sofa auf den Boden gesetzt, den Blick starr auf den Bildschirm gerichtet, wo die Liebesgeschichte eines armen Mannes und einer reichen Erbin erzählt wurde.

Wieder auf dem Flur zum Hof erschreckte sie sich vor einem klopfenden Geräusch, das klang, als würde jemand mit einem Stock gegen die Tür schlagen. Als sie die Tür öffnete, sah sie den Schwan des Nachbarn. Er war Witwer und irrte oft durch die Gasse wie ein streunender Hund, meist auf der Suche nach Wasser. Tania stellte ihm eine Schale mit frischem Wasser hin. Dann öffnete sie das Tor und trat auf die Straße. Der Schwan folgte ihr.

Solange sie ging, watschelte ihr der Schwan hinterher, schüttelte seinen langen Hals, sein voluminöser

Körper aus zerknitterter Seide an der Haut der Nacht. Ihre verzerrten Schatten glitten über die Mauern. Sie kamen an die Hauptstraße, auf der sie nachts noch nie allein gewesen war. Nur wenige Taxis waren unterwegs, der Bus kam nur noch selten, entlang der Straße parkten Lastwagen.

Tania zögerte einen Moment, dann trat sie auf die Straße. Der Schwan blieb beim letzten Haus stehen, das die Grenze ihres Viertels bildete. Tania wusste nicht, ob er ihr in die Augen geschaut hatte, ob er gezögert hatte, um dann aufzugeben, umzukehren und in die Dunkelheit zu verschwinden.

Von da an machte Tania es sich zur Gewohnheit, nach dem Abendessen nach draußen zu gehen und ihre Gasse zu verlassen, wenn der gelblich-düstere Himmel alle Sterne schluckte, wenn sich die Wolken und der Rauch über der Stadt kräuselten. Sie nahm die große, fast ausgestorben daliegende Straße, gesäumt von breiten Rändern aus steiniger Erde anstelle von Gehsteigen. Die Autos hupten, manchmal erschreckten sich die Fahrer vor dem jungen Mädchen, das vielleicht von zu Hause weggelaufen war.

Seit der Verbrennung ihres Tagebuchs wich Prakash ihren Blicken aus. Er ging früh zur Arbeit, sprach zu Hause wenig, zog den Kopf zwischen die Schultern. Mira hingegen hatte stets ein spöttisches Lächeln im Gesicht, wenn sie ihre Tochter sah.

Einen Monat später bekam sie zur Feier ihres dreizehnten Geburtstags Milchreis mit Rosinen und Cashewkernen. Als sie aufgegessen hatte, spürte sie ein seltsames Ziehen im Unterleib. Etwas kitzelte sie zwischen den Beinen, etwas tropfte, öffnete ihren Körper, wurde zu einem zitternden Mund. Sie fühlte, dass sie schnell zu ihrer Mutter musste, sich nur ihr anvertrauen konnte.

Mira stand gebückt vor dem Kühlschrank und prüfte, ob die Speisen, die sie Anfang der Woche zubereitet hatte, noch nicht schlecht geworden waren. Als sie Tania still auf der Schwelle stehen sah, wie sie nervös am Vorhang zupfte und versuchte, mit den Füßen die kleinen Tropfen vom Boden aufzuwischen, explodierte sie: »Du kleine Schlampe!« Dann prasselten die Worte wie Unrat aus einem geplatzten Müllbeutel. Sie stürzte sich auf Tania und ohrfeigte sie.

Es war nicht das erste Mal, dass Mira sie schlug, ganz im Gegenteil. Sie ohrfeigte sie, seit Tania klein war, und wenn sie dann laut schluchzte und ihr die Spucke aus dem Mund lief, lachte Mira, weil sie sie so hässlich und lächerlich fand. Aber niemals hatte sie oder jemand aus diesem Haus oder diesem Viertel solche Worte in den Mund genommen. Als sie sie so schimpfen hörte, schien es Tania, als würde unter den Fußtritten ihrer Mutter der Boden aufreißen und Schlamm und Exkremente ans Licht bringen.

Tania zitterte. Noch eben hatte sie gedacht, dass das gewundene, geheime und schmerzliche Band, das ihr den Bauch zusammenzog, sie endlich und für immer mit ihrer Mutter verbinden würde. Sie verstand ihren Zorn nicht. Sie biss sich auf die Lippen, um ihre Tränen zurückzuhalten, und schwor sich, nie wieder vor ihrer Mutter zu weinen.

Sie ging zurück in ihr Zimmer. Auf dem Boden kauernd, durchsuchte sie die Schuhkartons, in denen sie ihre Bücher versteckte. Ein scharfer Geruch ging von ihrem Körper aus und blieb in der Luft hängen. Tania blätterte in dem fast verbrannten Buch, zum ersten Mal, seit sie es aus der Asche gezogen hatte.

Zunächst verstand sie nichts. Dann sah sie die Worte *Rasse, höherwertig, minderwertig, Mischling, Arier* wie Pfeile über die Seiten schießen. Tania erinnerte sich an die knallbunten Comics über den arischen Gott Ram, der Ravan, den anarischen Gott von Lanka, besiegt hatte. Im Norden lebten die schönen Arier, grazile und goldene Körper, fein geschnittene, edle Gesichtszüge, während die Völker aus dem Süden schwarz, grotesk und dämonisch dargestellt wurden. Die Auslöschung des Südens durch den Norden war also schon von Anbeginn vorgesehen, wie das Licht die Dunkelheit auslöscht. Sie hatte den Eindruck, dass diese rachsüchtige Besessenheit tiefer wurzelte als in den Worten auf den vergilbten Seiten, dass dieser Wunsch nach Vernichtung des Körpers des anderen unsichtbar in den Menschen verborgen lag und dass die Fackel von einer anderen Hand geführt werden konnte, ohne dass es etwas änderte.

Tania schob die Kartons zurück unter das Bett, das Buch blieb noch lange dort liegen, wie als Zeichen eines unwiderruflichen Bruchs.

Von diesem Tag an stürzte sich Mira oft ohne Anlass auf Tania. Kelle, Löffel, Zange, Fächer, alles aus ihrer Küche taugte, um Tania zu schlagen. Auch wenn Tania nicht weinte, lockte das Geschrei ihrer Mutter die Nachbarin an. Sie ließ alles stehen und liegen, rannte herbei und stellte sich zwischen Tania und ihre Mutter. Sie war für solche Situationen gerüstet, wenn

Tanias Mutter von ihrer seltsamen Wut besessen war und alles kurz und klein schlagen wollte. Die Nachbarin hatte einen breiten Körper, sie roch nach Mist und Milch und hatte große, beruhigende Augen, wie Kühe sie haben. Sie umschloss Tania mit ihren dicken Armen, drückte sie an ihre Brust und redete auf sie ein, als würde sie ein Schlaflied singen, was Tania und ihre Mutter gleichermaßen beruhigte.

Prakash traute sich immer erst nach dem Wutausbruch hervor, wenn Tania in der Zurückgezogenheit ihres Zimmers ihre Wunden leckte. Er war zurückhaltend, wie die meisten Väter jener Zeit, aber zudem hatte sich seit ihrer Pubertät eine Wand aus Glas zwischen Tania und ihn geschoben. Instinktiv wusste sie, dass sie ihn nicht mehr umarmen durfte, nicht mehr ihre Wangen an seiner Brust reiben durfte. Es war wie um einen Menschen zu trauern, der noch lebte. Und vor dem Spiegel stand sie einer Fremden gegenüber.

Seither schien Tanias misshandelter Körper nicht mehr zu wachsen, als wollte er sich dem mütterlichen Blick entziehen, als versuchte er, sich zusammenzuziehen, zu verschwinden. Den Milchreis zu ihrem Geburtstag, die Rosinen und Cashewkerne, die dreizehn Lebensjahre unter demselben Dach wie ihre Mutter, sie hatte alles wieder von sich gegeben. Sie begann, ihr Essen wegzuschütten, sobald ihre Eltern sich abwandten. Milch floss in den Abfluss der Küche und zog die Katzen an, und halb zerkaute, halb erbrochene Reste von Quarkbällchen unterm Fenster verströmten einen üblen Geruch, den der Duft des blühenden Frangipani nicht überdecken konnte. Sie liebte Fischgerichte, aber Mira würzte sie nicht, um Prakashs empfindlichen Magen nicht zu irritieren. Die Stücke Seebarsch und Kabeljau schwammen in einer wässrigen Suppe, die so durchsichtig war wie der Bach, aus dem man sie geangelt hatte. Prakash rührte sie kaum an, so eilig hatte er es morgens, seinen Laden zu öffnen. Die farblose Suppe wurde kochend heiß direkt aus dem Wok, den Mira auf dem Feuer ließ, über den Reis geschöpft.

Um Tania herum veränderten sich die Mädchen wie Früchte, die sich nach und nach mit Saft und rosafarbenem Licht vollsaugen. Sie erschienen auf den Balkonen, im Innenhof, auf der Terrasse wie sprudelnde

Quellen. Manchmal tauchte über Nacht ein neues Gesicht, ein neuer Körper auf und erkundeten die Welt, wie die Welt sie erkundete. Sie legten an Gewicht zu und wurden langsamer, gesetzter, wie stärker im Boden verankert. Man sagte auch, sie bewegten sich mit *Würde*. Auf der Straße gingen sie in Grüppchen, sprachen wenig und nur mit leiser Stimme. Wenn verwegene junge Männer sie ansprachen, blieben sie einsilbig und vage und kicherten.

Tania beobachtete sie eher erstaunt als neidisch. Sie wusste nicht, in welche geheime Hautfalte ihres Körpers der Zauberspruch tätowiert war, der diese Mädchen so schön, so lebenskräftig machte, während sie selbst leicht wie Blütenstaub blieb und über die Tage wirbelte, ohne Spuren zu hinterlassen. Ihr Körper war unbedeutend, ihre Bewegungen ungeschickt und in ihrem Kopf war sie schon anderswo, auf unbekanntem Boden.

Dann, ein genauer Zeitpunkt war schwer auszumachen, begann Tania, die alten Hemden ihres Vaters zu tragen. Dieses eine Mal bestrafte ihre Mutter sie nicht, da sie es für übertriebene Sparsamkeit hielt. Blau, weiß, grau, beige, einfarbig, gestreift oder im Karomuster, bald hatte sie eine kleine Kollektion zusammen. Abends, wenn sie ihre Hausaufgaben machte, wickelte sie sich in sie ein, ohne darüber nachzudenken, ob sie nun aussah wie ein Junge oder noch wie ein Mädchen. Der kaum noch wahrnehmbare Geruch der Baumwolle vermischte sich mit dem Atem des Kätzchens, das an ihre Brust geschmiegt in der Hemdtasche schlief.

An einem Samstag im Mai 1986 kam Tania mittags hungrig von der Schule nach Hause und wollte in die Küche. Aber auf dem Flur lag Mira auf einer ausgerollten Matte und schlief. Um in die Küche zu gelangen, musste Tania über ihre Mutter steigen. Sie zögerte eine Weile, ob sie sie wecken oder sich still an ihr vorbeischleichen sollte. Als sie dann versuchte, sich zwischen der Wand und dem Körper ihrer Mutter hindurchzuschieben, drehte sich diese im Schlaf um und brachte sie erst aus dem Gleichgewicht und dann zu Fall. Mit einem Ruck richtete Mira sich auf und wirkte schon im Sitzen so bedrohlich, dass Tania ins Wohnzimmer rannte.

Unter dem Schimpfen ihrer Mutter lief Tania aus dem Haus und fand sich allein in der nachmittäglichen Reglosigkeit wieder. Niemand weit und breit unter der Gluthitze, herrenlose Hunde schliefen mit hängenden Zungen auf den Stufen vor den Häusern, die Fensterläden waren geschlossen, die Wäsche auf der Leine wie erstarrt. Am Ende der Gasse schlief im Schatten seiner Rikscha ein Fahrer, der abnehmbare Sitz aus rotem Kunstleder diente ihm als Kissen.

Tania lief bis zur Rikscha und klingelte beim letzten Haus des Viertels. Uma war im ersten Semester an der Universität. Ihre Eltern liebten Stoffe. Alle Möbel waren mit verschiedenen Baumwollstoffen, Seiden, besticktem oder bedrucktem Leinen bespannt. Es hieß, ein Guru habe sie initiiert und ihnen Keuschheit beigebracht. Beide waren in Rente und verbrachten den Großteil ihrer Zeit im Ashram, während Uma zu Hause ihre Seminare vorbereitete. Niemand wusste, in welchem Fach sie eingeschrieben war, aber für ihr Studium verbrachte sie jedenfalls keine langen Stunden im Labor. Ihre Philosophielehrbücher hatten sie zu einer verträumten Person gemacht. Es ging nicht darum, mit scharfen Worten Kopf und Kragen zu riskieren, die Sätze waren verwirrende Wege, auf denen sie sich sehnsüchtig verlor.

Das erste Mal hatte Tania sie an einem Nachmittag besucht, als sie sie auf ihrer Terrasse gesehen hatte, ihre Finger, die über die Seiten eines Buchs glitten, ihren abwesenden Blick. Unter den jungen Frauen des Viertels hatte Uma keine gefunden, die ihr Schweigen geteilt hätte. Sie beobachtete die Welt von ihrer Terrasse aus. Sie schien nichts zu vermissen, ganz erfüllt von ihrer Einsamkeit, die sie wie eine friedliche Aura umgab.

Tania hatte in ihren Lehrbüchern geblättert, aber nicht viel verstanden und sie ihr zurückgegeben, ehrfurchtsvoll und neugierig auf die junge Frau, die sechs oder sieben Jahre älter war als sie. Tania kam nun regelmäßig zu Uma, blätterte in ihren Büchern, seufzte schwer und fing dann ein Gespräch an.

An diesem Nachmittag aber dachte Tania nicht an Bücher. Uma verlangte keine Erklärung von ihr. Sie schaute sie kaum an und ging langsam Richtung Küche. Sie nahm Eier aus dem Kühlschrank, einer Art altem Vorratsschrank aus vergilbtem Metall, und schlug sie an einer Schüssel auf. Sie machte ein Omelette mit Zwiebeln und Chili. Erst als sie Ketchup dazugab, lächelte sie ihr zu. Tania aß im Stehen an der Arbeitsplatte.

Der Tag neigte sich dem Ende zu. Die Geräusche aus den Häusern ringsum wurden leiser. Uma rollte eine Matte in der Küche aus und legte sich hin, wandte ihr den Rücken zu. Tania zögerte kurz, dann legte sie sich neben ihre Freundin. Die am Rücken ausgeschnittene Tunika gab den Blick frei auf Umas weiße Haut. Ihr langer Zopf war zur Seite gerutscht. Im Rhythmus ihres ruhigen Atems hob und senkte sich ein Schönheitsfleck auf ihrer Schulter. Tania legte ihren Zeigefinger über den schwarzen Punkt. Dann schloss sie die Augen und ließ sich in den Abgrund des Schlafs fallen, der den Tag, das Haus und alles andere verschlang.

Ein panischer Schrei riss sie aus dem Schlaf. Umas Mutter starrte sie bestürzt an. Als sie wieder Worte fand, zitterte ihre Stimme vor Ekel: »Du bist völlig wahnsinnig! Wie konntest du es wagen, meine Küche zu betreten?« Tania stammelte eine Entschuldigung: »Ich habe meine Schuhe draußen ausgezogen, meine Füße sind nackt, schaut nur, Tante.« Aber die Dame, die nur aus nachbarschaftlicher Höflichkeit ihre Tante war, wurde zornig: »Darum geht es nicht! Du bist Datta, wir sind Chakraborty, verstehst du, was das bedeutet? Du kannst nicht einfach in meine Küche kommen! Hat deine Mutter dir denn gar nichts beigebracht?«

Dass sie eine Kayastha war, eine Kaste unter den Brahmanen, und dass sie deshalb diese Küche nicht betreten durfte, wurde ihr später von ihrer Mutter mittels Hieben mit dem Kochlöffel beigebracht. Die Nachbarn zerrissen sich eine Weile den Mund, machten sich über »Frau Chakraborty, die arme Frömmlerin« lustig, gaben aber zu bedenken, dass Tania zumindest seltsam war, da zeigte sich, was Bücher anrichteten, den Menschen den Boden unter den Füßen wegziehen und sie in eine Wolke aus Träumen hüllen.

Uma war so verwirrt, dass sie sich mehrere Tage nicht blicken ließ. In der Schule und an der Universität stellte sich niemand die Frage nach der Kaste seiner Freunde oder Professoren. Etwas, dem sie jahrelang aus dem Weg gegangen war, war plötzlich in einer Küche aufgetaucht, wie Spritzer an einer Wand.

Weil sie nichts von ihrer Freundin hörte, hatte Tania eines Abends eine Idee. Sie hockte sich auf die Bettkante, riss Seiten aus ihrem Schulheft und begann zu schreiben. Aber diesmal keinen Monolog, sondern einen Brief für Uma. Die Idee schien ihr so gut, dass sie laut lachen musste und den Kopf schüttelte, dass ihr das nicht früher eingefallen war.

Tania entdeckte die Verse von Tagore neu. Dann die von Jibanananda Das, dem Dichter, der das Gesicht von Bengalen verändert und die Schwermut neu erfunden hatte. Seine langen Prosagedichte flossen über die Seiten und die Melancholie seiner Verse hatte etwas Hypnotisierendes, das die Lesenden wie Meerjungfrauen genüsslich mit in die Tiefe zog. Tania schrieb stundenlang, bis spät in die Nacht. Wie manche die Bäume lieben, die Berge, die Flüsse, die Äcker und Weiden, das Wasser, die Tiefsee, und sich den Elementen verbunden fühlen, sie atmen und sich an ihnen laben, sich in ihnen verlieren und ertränken, zu neuem Leben erweckt werden und neue Kraft, Appetit und Hoffnung finden, liebte Tania Bücher und wusste nun, wie sie länger von ihnen zehren konnte. Sie verstand, dass sich das geschriebene Wort am besten erhalten ließ, indem man es verschenkte.

Sie faltete die Seiten zusammen, versteckte sie in einem Buch und schob es in Umas Briefkasten. In den folgenden Monaten schrieb Tania ihr an die fünfzig Briefe. Uma war für Tania, was eine einsame Insel für Seeleute ist, ein Vorwand für ein Abenteuer, ein Hoffnungspfand.

Wenn er die kindliche Silhouette seiner pubertierenden Tochter betrachtete, war Prakash ein wenig erleichtert. Er sah Tania als ein asexuelles Wesen, eine *Gandharbi*, eine dieser irrlichternden Gestalten mit einem Talent für Kunst und Literatur und unfähig, sich zu paaren. Über Jahre war Prakash überzeugt, dass seine Tochter kein Liebesleben haben würde. Mira hatte von ihrer Tochter nie Großes erwartet und brachte bloß ihre vorgebliche Enttäuschung zum Ausdruck: »Sie ist zu nichts zu gebrauchen. Sie findet nie einen Mann!« In ihren begrenzten Vorstellungen wollten sie ihre Tochter stutzen wie einen Bonsai.

Überhaupt wurde von Mädchen aus gutem Haus und guten Schülerinnen erwartet, ihre Weiblichkeit, ihre Freude an sinnlichen Genüssen nicht zu zeigen. Ihre mageren Körper waren der beste Beweis für ihre Keuschheit. Ansonsten blieben ihnen weite Tuniken und Pyjamas, um die Umrisse ihrer Körper zu verbergen. Die Schülerinnen aus der letzten Reihe und die Hausangestellten spazierten spätabends mit jungen Männern durch den Stadtpark, wuschen sich die Haare, bis sie sie wie eine duftige, rötliche Wolke umgaben, verschwanden für eine Weile aus dem Viertel und kamen meist ohne Mann und ohne einen Pfennig mit verweinten Augen zurück, nachdem sie irgendwo in der Stadt ein kleines Stück ihres Fleisches und ihrer Seele zurückgelassen hatten.

Tania hielt sich von solchen Abenteuern fern, aber sie begann, die Jungen in ihrer Umgebung zu beobachten. Die jungen, zarten, stolzen, mit einer Brille auf der Nase und einem Stapel Bücher unterm Arm, in angeregte Gespräche vertieft oder allein in ihren Gedanken versunken. Im Viertel rund um die College Street kamen sie aus allen Richtungen und bahnten sich einen Weg durch die Menge aus armen, gehetzten Menschen. Ihr Wissensdurst erhellte ihre Gesichter wie einen Lampion, ihre Haut in allen Schattierungen von Lehm und Bernstein, und sie fuhren sich mit den Fingern durch ihr dichtes, von der nachmittäglichen Brise zerzaustes Haar.

Aus dieser Menschenmenge tauchte ein Gesicht auf, das aus allen Gesichtern das Wesentliche in sich zu vereinen schien, um eigen und einzigartig zu werden.

Tania sah es das erste Mal bei einer Studentenversammlung vor dem Presidency College. Im Frühjahr 1989 demonstrierten sie für Glasnost, verurteilten aber die Perestroika. Schwarze Olive, grüne Olive: War die Entscheidung so leicht?

Kleine rote Fahnen wogten fröhlich wie ein Klatschmohnfeld im Wind. Fasziniert ließ sich Tania von der Menge mitreißen, die sie in einer hohen, mächtigen Welle bis zum Eingang der Universität trug, wo der Anführer dem nächsten Redner Platz machte und sich mit dem Ärmel seiner Tunika den Schweiß von der Stirn wischte.

Rahul war verblüfft, dass eine unbekannte Jugendliche in Schuluniform ihn ansprach. Er war umgeben von schönen, brillanten Genossinnen, dieses androgyne Fast-Kind, das sich nicht vor der tropischen Sonne zu schützen schien, amüsierte ihn. Als sie ihm anbot, zur *Revolution* beizutragen, zeigte er keine Irritation, keine Verwunderung. Er schaute sie eindringlich an, studierte ihre Gesichtszüge, ihre Ungeschicklichkeit, ihre Ehrlichkeit genau und erkannte sich selbst in ihrem Blick wieder: »Eine kleine Draufgängerin!«, dachte er sich. Er unterhielt sich kurz mit ihr, erklärte ihr in wenigen Worten, was es mit ihrer Bewegung auf sich hatte, und schlug ihr ein Treffen in der nächsten Woche vor.

Groß und schlank steckte er in einer weiten Tunika aus unbehandelter Baumwolle, die den Blick freigab auf den Flaum auf seiner Brust. Seine breiten, starken Schultern unterstrichen seine Kraft, seine Autorität. Wie die anderen Anführer der Studentenbewegung hatte er sein Studium aufgegeben. Aber niemand wagte es, ihn danach zu fragen, so schön war die Verwandlung des jungen Mannes, der als charismatischer Anführer auf der politischen Bühne von Kalkutta auftauchte. Nur in seinen Kohleaugen blitzte ein spitzbübisches Lächeln und Tania spürte, dass er die schlafenden Vögel in ihrem Bauch wecken konnte. Um wieder Ordnung in ihre Gedanken zu bringen, sagte sie sich, dass Rahul bis aufs Haar Pawel Kortschagin glich, dass Pawel, wenn er Bengale und kein Russe gewesen wäre, wenn er Chai statt Wodka getrunken hätte, wenn er im Monsunregen und nicht im Schnee an Typhus erkrankt wäre, diesen dunklen, schmalen Körper und diese tiefe, samtige Stimme gehabt hätte. Sie verbot sich jeden unerlaubten Gedanken an ihn. Rahul wurde der tugendhafte Held eines Romans, das Kohleporträt auf einer vergilbten Seite, ihr moralisches Vorbild und ihr politischer Anführer, Symbol des Verlangens und des Verbots.

Aber diesmal war Tania vorsichtig. Sie führte kein Tagebuch, schrieb auch keine Briefe, sondern fand einen anderen Weg. Sie merkte, dass die Poesie, mehr als Märchen oder Romane, der Auslassung einen besonderen Platz einräumte. Die mal bescheidenen, mal hochmütigen Verse sagten weniger und deuteten mehr an, die Emotion verbarg sich zwischen den Wörtern, in der Bresche, in der Stille. Sie erinnerte sich an die Vorteile von Metaphern, wie beim Billard, wo die Kugeln ihr Ziel durch ein Spiel über Bande erreichen.

Tania begann, Gedichte zu schreiben, über den Flammenbaum in ihrer Gasse, über den Schwan, der sie immer auf ihren nächtlichen Spaziergängen begleitete, über den Regen, der in der Ferne aufzog, das Becken am College Square überquerte, bevor er das ganze Viertel schluckte, über einen Helden der russischen Revolution, der im Geheimen an einen jungen kommunistischen Aktivisten in Bengalen erinnerte.

Im Jahr 1989 fehlte es nicht an Gelegenheiten für politische Agitation. Die kommunistischen Studierenden demonstrierten gegen die von der indischen Regierung angekündigte Privatisierung und Liberalisierung. Dann intensivierte sich der Kampf gegen den Kapitalismus nach dem Mord an dem Dramatiker und Theaterregisseur Safdar Hashmi durch Handlanger der Kongresspartei. Hashmi, der bei einem Auftritt auf den Straßen von Delhi mit Macheten und Pistolen überfallen worden war, wurde das Symbol für die Unterdrückung durch die Rechten. Seine Frau, Moloyashree Hashmi, ebenfalls eine politisch engagierte Schauspielerin, kehrte zwei Tage später an den Tatort zurück, um das Stück mit dem Rest der Truppe noch einmal zu spielen. Aktivisten zitierten Benjamin Moloise, den südafrikanischen Arbeiter und Dichter, der vom Apartheidsregime unter Pieter Willem Botha zum Tode verurteilt worden war. Das von Moloise kurz vor seinem Tod durch den Strang am 18. Oktober 1985 im Gefängnis von Pretoria verfasste Gedicht war in zahlreiche Sprachen übersetzt worden. Bei ihren Treffen griffen Rahul und seine Genossen es als Slogan auf:

I am proud to be what I am …
The storm of oppression will be followed
By the rain of my blood
I am proud to give my life
My one solitary life.

Weder Rahul noch seine Genossen schienen von den Umwälzungen in Osteuropa beunruhigt, sie verstanden nicht, dass das Beben den Boden längst rissig hatte werden lassen, bevor es die Mauern einreißen würde. Sie beschimpften Solschenizyn als perversen Lügner und Pasternak als romantischen Kleinbürger. Während im Westen die Bevölkerung die überkommenen ideologischen Relikte niederriss, sammelten die Unterdrückten und Hungernden der Dritten Welt die Scherben auf wie heilige Totems.

Nach ihren Abschlussprüfungen hatte Tania drei Monate frei, während sie auf ihre Noten wartete. Ausstaffiert mit einer zerrissenen Jeans und einer Tunika aus unbehandelter Baumwolle folgte sie Rahul zu jedem politischen Treffen, streifte mit ihm unter der brennenden Sonne durch alle Viertel der Stadt, die Augen fiebrig, immer magerer und dunkler wie eine vom Blitz getroffene Palme.

Die Aktivisten verbrachten ihre Tage auf Demonstrationen, Versammlungen, Treffen und beim Werben um neue Mitstreiter. Sie organisierten Wettbewerbe für Poesie und Zeichnen, suchten sich die glühendsten Jugendlichen heraus, liehen ihnen Bücher, wurden zu ihren Vertrauten, Ratgebern und Anführern. Sie waren von einer Aura umgeben, in ihnen brannte ein ruhiges, aber hartnäckiges Feuer. Sie stachen heraus aus den Tausenden auf den Straßen von Kalkutta. Wenn es Abend wurde, setzten sie sich auf den abfallenden Rasen hinter der Universität, zogen Bilanz über den Tag, dann über den Monat, bevor sie sich der Kritik und Selbstkritik widmeten. Je später es wurde, desto gebeugter saßen sie da. Sie legten sich auf den Boden, den Kopf im Schoß einer Genossin. Eine Hand streichelte übers Haar. Die ersten Anzeichen einer Liebe. Die Annäherung eines Paares. Jemand summte eine Melodie, die anderen fielen ein, revolutionäre Lieder hingen lange in der Nachtluft. An der Universität gingen die Abendkurse weiter. Ein Stück Rasen wurde langsam von der Dunkelheit geschluckt und löste sich von der Welt, wie eine fliegende Untertasse.

Manchmal fanden die Versammlungen auch bei den Aktivisten zu Hause statt. Ganz gleich, ob sie aus bescheidenen oder wohlhabenden Verhältnissen stammten, sie gestalteten ihre Zimmer wie einen Altarraum. Grau und asketisch, voller Bücher, vor allem russischer, mit einigen roten Farbtupfern von Plakaten und Fahnen waren sie ein Universum für sich. Sie verachteten Bollywood und verurteilten seine Schundfilme voller Klischees und quasi-pornografischer Tänze. Wenn sie ins Kino gingen, wählten sie aktuelle Produktionen, die nicht als moralisch und ideologisch zersetzend galten. Sie empfahlen manche Filme von Satyajit Ray, nicht alle, aber sie liebten alles von Ritwik Ghatak. Ohnehin hatten sie nie genügend Zeit zum Müßiggang. Sie waren erschöpft und scheu. Und stolz darauf. Der Herbst kam mit seiner langen Reihe an Festen. Die Aktivisten nutzten die Feier der Durga Puja, um überall in der Stadt Stände aufzubauen, an denen sie die Bücher der Verlage Progress und Raduga verkauften. Die Zelte aus scharlachrotem Stoff stachen aus den Menschenmassen heraus, die zu den brennenden Ikonen strömten. Die Leute waren in Spendierlaune. Sie kauften die klassischen und sowjetischen Werke als Feiertagsgeschenke. Das Werk von Erich Maria Remarque, den alle für einen Amerikaner hielten, erfreute sich seit Jahren großer Beliebtheit. Die jungen Kommunisten bekamen neue Kleider von ihren Familien, die sie beknieten, die Traditionen zu beachten, und diejenigen von ihnen, die es schafften, sich dem zu entziehen und in abgetragener, westlicher Kleidung zu kommen, wurden wie Helden verehrt.

Tania mochte sie alle. Aber sie hatte ihr eigenes Bewertungssystem, das sie »Kommunismusgehalt im Blut« nannte. Bei einer Versammlung war sie so leichtsinnig, den anderen davon zu erzählen, und erntete Spott.

Die Zeit rannte. Tania bereitete sich aufs Abitur vor. Ihr Gymnasium war ihr Aktionsfeld geworden. Sie versuchte, neue Mitstreiterinnen zu gewinnen und ihre Freundschaften in politische Verbindungen zu verwandeln. Aber die Mädchenschule bewahrte die intellektuelle Keuschheit ihrer Schülerinnen und wehrte die Versuchungen der unruhigen Welt ab. Die Jugendlichen mieden die Aktivisten vor dem Schultor, geschmeichelt und fiebrig wegen der Aufmerksamkeit, die ihnen zuteil wurde.

Tania kannte die roten Pamphlete besser als ihre Schulbücher. Der Lehrstoff schien ihr bis auf Sprachen und Literatur fade, abstrakt, während die Straße von Poesie erfüllt war, die Slogans den Gedanken eine Richtung gaben und das letzte Gefecht für ein besseres Leben ankündigten. Nichts war so einfach, so definitiv wie die Unruhe, die sie nie losließ.

Rahul und seinen Vertrauten blieb der geheime Grund für ihre Begeisterung nicht verborgen. Er war dreiundzwanzig Jahre alt und glücklich verliebt in seine Freundin, deren Eltern liberale Ansichten vertraten und nichts dagegen hatten, wenn die beiden den ganzen Tag zusammen in ihrem Haus verbrachten, und ihn erst abends mit einem wohlwollenden Lächeln verabschiedeten.

Wenn seine Freunde ihn aufzogen, reagierte Rahul nicht und sagte fast zwei Jahre lang nie etwas dazu. Er hatte verstanden, dass Tania, solange sie keine Worte für das hatte, was sie für ihn fühlte, vor sich selbst in Sicherheit war, dass man ihr den Schutz des Schweigens nicht nehmen durfte.

Aber eines Tages verlor auch er die Geduld. Vielleicht hatte Tania sie alle mit ihren mittelmäßigen Abiturnoten enttäuscht. Sie war mittlerweile zu alt, um auf Nachsicht hoffen zu dürfen.

An diesem Abend war Tania besonders sehnsüchtig, weil sie länger als drei Tage keine Gelegenheit gefunden hatte, Rahul zu treffen, und begann, das Viertel zu durchstöbern. Sie nahm schließlich eine Rikscha, um die Suche fortzusetzen. Ein Stromausfall hatte die Straßen in eine tintenschwarze Dunkelheit getaucht. Die Fenster der Wohnhäuser waren weit geöffnet, um die Abendbrise einzulassen, in der die Öllampen und Kerzen flackerten und fast erloschen. Es herrschte dichter, hektischer Verkehr und die Hupen klangen wie die Schreie panischer Ratten, die nach allen Richtungen auseinanderstoben. Unruhig suchte Tania weiter. Sie war siebzehn Jahre alt. Endlich erblickte sie aus der Rikscha auf dem rechten Gehsteig an einem Teestand vor den Bänken aus billigem, abgenutztem Holz zwischen den lächelnden Gesichtern um den Ofen Rahuls blaugraue Tunika.

Mit klopfendem Herzen näherte sie sich steif und ohne ein Wort. Rahuls Genossen lachten, als sie sie sahen, aber er ärgerte sich. Nachdem sie ein paar Worte gewechselt hatten, stellte er ihr einen jungen Mann von etwa zwanzig Jahren vor, der gerade neu in der Stadt war. Sein Ruf als überzeugter Aktivist eilte ihm voraus und hatte für seine herzliche Aufnahme im Komitee der College Street gesorgt.

Von mittlerer Größe, weder dick noch dünn, mit heller, glatter Haut, erinnerte Jeet Tania an eine Banane. Er ergriff selten das Wort, wenn er es aber tat, übertrieb er es. Er schien sich für sehr redegewandt zu halten und darin eine Berufung, einen Selbstzweck zu sehen. Er gab Tania die Hand und fuhr sich mit der linken über den dünnen Oberlippenbart, den er sich gerade wachsen ließ. Bei ihrem ersten Treffen, als sie in der Dämmerung eine der endlosen Alleen des Viertels entlangspazierten, vertraute er Tania an, dass der Bart eine Hommage an Stalin sei.

Aber ihre Spaziergänge überdauerten nicht einmal anderthalb Jahreszeiten.

Eines Nachmittags, als schwarze Wolkenberge sich still über den Himmel schoben und die Häuser sich unter dem frischen Wind duckten, der aus allen Richtungen zu kommen schien, zog Tania eine kurze Seidentunika in der Farbe von schwarzem Tee mit Milch über ihre zerschlissene Jeans und ging auf die Straße. Manchmal fragte sie sich, was sie davon abhielt, eine zerschlissene Tunika oder einen löchrigen Sari zu tragen. Auch das Subversive besaß seine Codes.

Jeet wartete an einer Ecke des College Square auf sie und rauchte nervös eine Zigarette.

Er zog sie hinter eine blühende Akazie, um sie zu umarmen. Als er sich zu ihr beugte, um sie zu küssen, bemerkte Tania, dass er zitterte. Es war nicht so, dass er nie zuvor ein Mädchen geküsst hätte, ganz im Gegenteil. Bevor er zur Partei gestoßen war, hatte er auf seiner Privatschule die entlegensten Winkel der Lust erkundet. Aber Tania war für ihn eine heilige Mission, er wollte sie nicht ohne jedes Zeremoniell beflecken. Er küsste sie leidenschaftlich, presste sie an sich und ließ sie wieder los, zog sich zurück, ohne den Blick von ihr zu wenden.

Jeet war der Pförtner, der ihr das Tor in die Welt der Erwachsenen aufstieß. Tania ließ sich mit einer gleichgültigen Neugier auf ihn ein. Die Liebe ist manchmal eine selbstlose Günstlingswirtschaft und Tania praktizierte sie, ohne sich ihrer Macht bewusst zu sein.

Der Regenguss ging über der Stadt nieder. Weder er noch sie hatten einen Schirm mitgebracht. Eng umschlungen liefen sie durch den dichten Regen, der wie unzählige Knallfrösche vom Asphalt abprallte. Sie folgten der Surya Sen Street und bogen in die Mahatma Gandhi Road ein. Von der Kolonialgeschichte Indiens war ein Spinnennetz aus Straßen und Gassen übrig geblieben. Die Leute ringsum, mit oder ohne Regenschirm, schienen sich nicht am Regen zu stören und schimpften bloß hin und wieder über einen Bus, der sie mit schlammigem Wasser bespritzte.

Völlig durchnässt erreichten sie den Sealdah-Bahnhof und Jeet winkte nach kurzem Zögern eine Rikscha herbei. Für ungünstige Wetterlagen mit einem Plastikvorhang ausgestattet, der die Insassen vor dem Fahrer und der Außenwelt abschirmte, konnten sich diese Gefährte in wahre Liebesdroschken verwandeln. Im Schutz des Regens, der auf das Dach und den Vorhang trommelte, küssten und streichelten sich die beiden jungen Leute vorsichtig, während der Fahrer in die Pedale trat, um das Wasser zu teilen, das mal vom Himmel, mal vom Boden zu kommen schien. Jeet wollte die Fahrt fortsetzen, aber der durchnässte Fahrer, der sich kaum noch auf seinen wunden Füßen halten konnte, weigerte sich, noch weiter in unbekanntes Gebiet vorzudringen.

Nachdem sie ihren fahrbaren Alkoven verlassen hatten, bogen Tania und Jeet in die nächstbeste Straße und fanden sich in einer unbekannten Vorstadt wieder. Der Regen hatte die Stadt ausgelöscht. Die Häuser und Geschäfte duckten sich tief unter dem Schauer, der sanfte und herbe Geruch von Pflanzen lag in der Luft, nur noch wenige Busse fuhren vorbei, niemand schien mehr ein- und auszusteigen. In der Dunkelheit hüllten sie bald die durchscheinenden, warmen, fast lichten Sturzbäche ein. An die geschlossenen Läden eines Geschäfts gelehnt, küssten und streichelten sie sich weiter. Erregt packte Jeet sie an der Taille und presste sich kurz an sie. Dann küsste er sie auf die Stirn, wie um einen Schlussstrich zu setzen. Aber Tania packte ihn am Hemdkragen, ohne recht zu wissen, was sie tat, und schmiegte sich an ihn, rieb ihr Becken an ihm, drängend, entschlossen. Jeet zuckte zurück, packte sie an den Schultern und verkündete, dass es Zeit sei, nach Hause zu gehen. Sein Blick war kalt, sein Gesicht verschlossen. In seine Enttäuschung mischte sich Wut: Es war nicht an Tania, sich ihm hinzugeben, sondern an ihm, sie zu erobern. Innerhalb einer Sekunde war aus ihr eine gefallene Heilige geworden, sie hatte für ihn jeden Wert verloren.

Jeet sagte nichts mehr. Der Regen hatte aufgehört. Er lief mit gesenktem Kopf, hielt ihre Hand und ahnte nicht, dass Tania keine Lust mehr hatte, von ihm geliebt zu werden. Sie hatte verstanden, was Jeet fühlte, verspürte aber keinen Wunsch, ihren Ruf in seinen Augen wiederherzustellen.

Eines Nachmittags verspätete sich Uma bei einem ihrer Treffen, und plötzlich beschleunigte sich alles.

Tania wartete im Coffee House auf sie. Ihr Abschlussjahr in den Wirtschaftswissenschaften ging den Bach hinunter, es interessierte sie nicht.

Der Verkaufsstand ihres Vaters war wegen Drohungen von kommunistischen Aktivisten seit einer Weile geschlossen, seit Tagen hatte sie sich keine neuen Bücher beschaffen können und fühlte sich unruhig wie eine Drogenabhängige auf Entzug. Die Aktivisten veranstalteten regelmäßige Razzien. Als sie sein Verkaufslager erneut durchstöberten und ihn zu seinem Lieferanten befragten, gab Prakash an, dass die Ausgaben von *Mein Kampf* über verschiedene Zwischenhändler zu ihm kamen, die sich untereinander nicht kannten. Von Delhi über Uttar Pradesh bis nach Bombay war *Mein Kampf* ein Bestseller, vor allem unter jungen Studenten, die es als nützliches Buch über die Notwendigkeit von Härte und Disziplin betrachteten. Sie bewunderten den Autor als einen patriotischen Staatschef, der den Erfolg seines Landes im Blick gehabt und sich an ein Programm gehalten hatte.

Angesichts von Prakashs Argumenten lachten die Aktivisten schließlich, bevor sie wieder abzogen und ihn abermals verwarnten. Sie waren auch untereinander nicht einer Meinung. Manche kämpften gegen den Verkauf des berüchtigten Buchs. Die Zerstörung der Babri-Moschee durch hinduistische Fundamentalisten, die Hitler verehrten, hatte eine klaffende Wunde in ihrem Bewusstsein hinterlassen. Andere hatten eine zwiespältige Position und zogen sich auf eine reflexhafte anti-amerikanische und somit anti-israelische Position zurück. Sie glaubten, dass das Judentum die geheime Identität des Kapitalismus sei. Am Zweiten Weltkrieg interessierte sie nur das Eingreifen Stalins. Weit weg von der komplexen politischen Lage in Europa lebten sie in einer binären Welt und würzten die Wahrheiten nach lokalem Geschmack, wie es ihnen eben passte.

Als der Kaffee begann, durch Tanias Blutbahnen zu rasen wie neurotische Mäuse, und sie schon aufbrechen wollte, tauchte Uma am Eingang auf. Kaum hatte sie sich gesetzt, nahm sie einen Schluck aus der Tasse ihrer Freundin, entschuldigte sich und verstummte wieder. Sie saß gebeugt, als könne sie das Gewicht ihres Kopfes nicht mehr tragen. Ihr Schweigen schien so sorgenvoll, dass Tania nicht wusste, wie sie ein Gespräch anfangen sollte. Sie zögerte einen Augenblick, dann legte sie ihre Hand auf Umas und hielt sie fest. Umas Augen füllten sich mit Tränen.

Ihre Eltern hatten ihre Ehe arrangiert, mit dem Sohn ihrer Freunde, einem dickbäuchigen Jungen, der sein Studium aufgegeben und einen Callshop eröffnet hatte, den er zu einem Internetcafé ausbauen wollte. Uma war empört, aber in ihrem Stolz fehlten ihr die Argumente, und ihre Eltern deuteten ihr Schweigen als Zustimmung.

Sie saßen lange so da, Hand in Hand, flüsterten ein paar Worte, bis vom Nachbartisch Gelächter zu ihnen herüberdrang. Vier oder fünf junge Männer starrten sie unverhohlen und mit einem spöttischen Blitzen in den Augen an. Einer von ihnen wurde plötzlich wütend, erhob sich unter der Zustimmung seiner Freunde mit einigem Krach von seinem Stuhl und verkündete, dass er nun genug habe von diesen »Mädchen von der Insel Lesbos«. Solche Umschreibungen waren üblich, um verbotene Worte zu vermeiden. Die Leute an den umliegenden Tischen beobachteten und kommentierten die Szene, während die jungen Frauen am Nachbartisch sich abwendeten, um ihr Lachen zu verbergen.

Uma und Tania verließen das Coffee House und irrten durch die Gassen rund um die College Street. Sie waren weder die ersten noch die einzigen jungen Frauen, die miteinander einen Kaffee tranken, aber von ihrer Verbindung ging etwas Ungewöhnliches, eine seltsame Energie aus. Der hohe, lockere Haarknoten von Uma verlieh ihr etwas von Diane Keaton in *Der Stadtneurotiker*, ihr graziler, sinnlicher Körper glitt wie eine goldene Wolke über die Gehsteige der Stadt. An ihrer Seite wirkte Tania in ihren weiten Kleidern weder wie eine junge Frau ihres Alters noch überhaupt wie ein Mensch. Sie war ein Schatten ihrer selbst, ein Geist, nur getragen von Atem und Streben, ein körperlicher Vorwand, zu mager, um ihre Ideen zu schultern.

Einige Tage nach ihrer gestörten Kaffeeverabredung wurde Tania zu den Genossen Chefs gerufen.

Seit dem Niedergang der UdSSR waren die Brücken um Bengalen eingestürzt. Aber wie ein Zug in voller Fahrt mit defekten Bremsen raste die Partei einfach weiter geradeaus. Anstatt sich um die Solidarität unter den Arbeitern der Welt zu sorgen, waren die Kommunisten von Kalkutta mit lokalen Auseinandersetzungen beschäftigt. Aufgrund von Abwehrreflexen und ideologischer Abgrenzung zur westlichen Propaganda legten die Chefs die internen Regeln immer strenger aus, mit der festen Absicht, abtrünnige Geister auf Linie zu bringen.

Ihre Überlebensstrategie war erstaunlich. Tania war den Genossen Chefs eine Weile in ihrem neuen Elan gefolgt. Sie hatte geglaubt, dass der Fehler nicht in der Ideologie, sondern in der Umsetzung lag. Der Zusammenbruch des sowjetischen Systems wurde in einem Satz zusammengefasst, den sie mantraartig wiederholten. Aber nicht alle ließen sich davon beruhigen. Zweifel machten sich breit und zersetzten die Moral. Und es war eher das Verhalten ihrer Genossen als die theoretischen Auseinandersetzungen, die Tania langsam unsicher werden ließen. Sie schienen ihre Angst mehr schlecht als recht zu verstecken. Von den Ereignissen überrollt, aus allen Richtungen verspottet, schienen manche ihr naiv, andere heuchlerisch. Sie fühlte sich getäuscht. Enterbt. Nirgends zugehörig nach vielen gemeinsamen Lebensjahren. Sie konnte sich nicht mehr aufraffen, an den Demonstrationen und Versammlungen teilzunehmen. Sie fragte sich, wie die anderen es schafften weiterzuleben, keinen kollektiven Selbstmord zu begehen wie Insekten, die sich in ein Lagerfeuer stürzen.

Über mehrere von den Genossen geahndete Handlungen sollte in dieser Woche ein Urteil gesprochen werden. An erster Stelle stand die neue Mode, Wanderungen in Darjeeling zu unternehmen, wo die eisige Kälte das perfekte Alibi für den Genuss von Alkohol lieferte. Obwohl sie sonst einen leeren Vorlesungssaal der Universität wählten, hatten Rahul und drei weitere Anführer diesmal in einer dunklen Ecke der Kantine Platz genommen. Einer von ihnen ergriff das Wort, er flüsterte fast, hüstelte, zögerte und begann dann eine Abhandlung über Sitten und Moral, unterschied zwischen dem, was die Norm und was biologisch bewiesenermaßen pervers sei. Alle hielten den Kopf gesenkt, außer Rahul, der Tania mit stummer Wut streng musterte, ihrem Blick aber auswich. Wenn sie ihn von der Seite anschaute, senkte auch er den Kopf. Minuten vergingen, aber keiner von ihnen schaffte es, die Worte auszusprechen, die sie so aufbrachten. Verbotene Worte, unreine Gedanken, unterirdische Leben. Und nun sollte Tania sie über die Natur ihrer Beziehung zu Uma aufklären, über ihre Gesprächsthemen, über die Gründe ihrer Zuneigung, weil aus Sicht ihrer Genossen Chefs nichts auf der Welt unerklärlich war.

Tania konnte ihnen nicht erklären, was ihr selbst unerklärlich schien. Sie stammelte bloß, dass sie nicht ohne Uma sein könne.

Die Genossen hielten den Atem an, bevor sie explodierten. Einer belehrte sie, dass es die vorhersehbaren Folgen des Einflusses von bürgerlicher Literatur waren. Der andere schimpfte, dass diese kleinbürgerlichen Krankheiten mit ein paar Bambushieben geheilt werden konnten.

Tania verfolgte fassungslos, wie die Befragung zur Inquisition wurde. Ihre Vorbilder schienen ihr plötzlich klein und geistlos. Ironischerweise lag in ihrem

Befund ein Fünkchen Wahrheit: Sie hatten sich selbst nie Zugang zu der sogenannten bürgerlichen Literatur erlaubt, zu anderen Büchern als denen, die von der Propaganda gestattet waren. Sie fürchteten, dass sich in ihr eine geheime, unerreichbare Seite verbarg. Und es war mehr die Trauer, die Schwelle zu ihrer Seele nicht übertreten zu können, als eine messianische Wut, die sie gepackt hatte.

Die Partei hatte sie schon seit einer Weile im Verdacht, vom rechten Weg abgekommen zu sein. Der angeblich perverse Umgang mit einer anderen Frau diente als Vorwand, um sie zu bestrafen. Ihre Liebe zur Lyrik, die sie einst zu ihren Genossen geführt hatte, war zu ihrem größten Makel geworden. Tania hatte es nicht geschafft, den Übergang zur Revolutionärin zu meistern. Sie forderten von ihr, streng, kalt und schneidend wie eine Klinge zu sein. Aber in ihrem Inneren fiel die ganze Zeit ein tropischer Regen.

Nach der Versammlung verstand Tania, dass die Partei sie in eine Art überwachte Quarantäne geschickt hatte. Die auf dem Campus versammelten Aktivisten wichen ihrem Blick aus und tuschelten hinter ihrem Rücken. Sie beeilte sich, nach Hause zu kommen.

Kaum hatte sie den Innenhof betreten, stieg ihr ein verbrannter Geruch in die Nase. Sie sah ihren Vater, der hinter dem Schreibtisch im Wohnzimmer saß, den Kopf in die Hände gestützt. Ihre Mutter stürzte sich auf sie. Ihr Sari war voller Kurkuma- und Ölflecken, ihr Haarknoten aufgelöst, sie zitterte so sehr, dass sie kein Wort hervorbrachte.

Im nächsten Augenblick, als die Ohrfeige Tania die Sicht vernebelte, wurde ihr unter Tränen die perfekte

Schönheit ihrer Mutter bewusst. Ihre Wut verzerrte die harmonischen Züge ihres Gesichts nicht, das Töpfern als Modell für ihre Figuren der Göttinnen hätte dienen können. Die Niedertracht ihrer Seele schien ihr so paradox, so enttäuschend, dass Tania wusste, dass es ihr nicht mehr leidtun würde, ihrer Mutter nicht zu ähneln.

Ihr Vater sah sie an, in seinem Blick Erniedrigung. Er stand einer Fremden gegenüber und sein Schmerz war ihm so viel unerträglicher als seine Wut, dass er den Raum ohne ein Wort verließ.

Die Partei hatte sofort ihre Eltern informiert. Auf dem Campus und zu Hause war Tania nun als Perverse gebrandmarkt. Tage vergingen, ohne dass es ihr gelang, den unsichtbaren elektrischen Zaun zu durchbrechen, der sie umgab. In ihren wirtschaftswissenschaftlichen Seminaren, die ihr Hirn mit dem Jargon einer geheimen Sekte malträtierten, verstand sie nichts mehr. Sie tat also alles dafür, ihren Platz in der Partei wiederzuerlangen. Aber Tania war nicht mehr die brillante Schülerin, mit der sich die Partei einst stolz geschmückt hatte. Jeet sprach kein Wort mehr mit ihr, ebenso wenig sein kleiner Freundeskreis.

Ihre einzige Rettung, die Poesie, schien auch zu versiegen. Tania klammerte sich an die Überreste ihres Lebens.

Seit dem letzten Hinterhalt hatte Miras Wut sich in Verachtung verwandelt. Sie schien entsetzt, ein Monster zur Welt gebracht zu haben. Prakash kannte die Wirkung des Schweigens und blieb stumm, weniger aus Feindseligkeit als aus Resignation. An manchen Tagen, wenn Mira sich weigerte zu kochen, bereitete er kleine Gerichte zu, brachte sie zu Mira in ihrem Zimmer und zu Tania in ihrem und aß dann allein an seinem Schreibtisch.

Eines Abends, Tania war gerade nach Hause gekommen, ging sie in die Küche, wo ihre Mutter ohne ein Wort mit einer heftigen Bewegung einen Topf vom Herd zog und sich mit kochendem Wasser bespritzte. Erschreckt über die Verbrennung auf ihrem Bauch, vor der ihr dünner Sari sie nicht geschützt hatte, nahm sie den dampfenden Schnellkochtopf und schleuderte ihn von sich. Tania konnte gerade noch ausweichen, bevor der Topf an der Wand hinter ihr zerschellte und das Ragout aus Lammfleisch und Kartoffeln sich auf den Boden ergoss. Prakash kam angerannt, packte seine Frau und nahm sie mit in ihr Zimmer, um sie mit Worten zu besänftigen, die nur er kannte.

Tania ging in den Innenhof und schaute sich um. Der Abend schluckte die Häuser und das ganze Viertel. Vor ihren Füßen entdeckte sie die kleine, völlig verschmutzte Metallschale für den Schwan. Er war tot, sie wusste nicht einmal mehr, seit wann genau, erinnerte sich bloß, dass die Kinder aus dem Viertel ihm die Federn ausgerissen hatten, eine nach der anderen, steif und kalt, und bei diesem Gedanken musste sie laut schluchzen. Tania ging auf die Straße, lief ohne ein Ziel los, den Blick von Tränen verhangen.

Sie ging nach Süden, entfernte sich immer weiter von der College Street, lief so schnell, dass sich trotz der winterlichen Kälte Schweißperlen auf ihren Schläfen bildeten. Sie lief über Straßen und Boulevards, Gehsteige, an deren Rändern Gemüsestände und Teestuben wucherten. Der Rauch, der aus den Tonöfen stieg, brannte ihr in den Augen. Die Hupen schmerzten ihr in den Ohren. Nach einer Stunde hielt sie mit schmerzenden Füßen vor einem vierstöckigen Wohnhaus an, das aussah, als habe man es aus roten und gelben Legosteinen erbaut. Auf der scharlachroten Fassade war das Profil des russischen Schriftstellers mit dem unverkennbaren dicken Schnurrbart eingraviert. Sie stand vor dem Gorky Sadan, dem Institut für russische Sprache und Literatur, das den illustren Namen Maxim Gorkis trug.

Eine Woche später begann sie einen Russischkurs.

Sie wusste noch nicht, dass sie ihr Herz an einen Mann verlieren würde, der schon über fünfundsechzig Jahre tot war und den Maxim Gorki ebenfalls gerettet hatte. Einstweilen wurde die fremde Sprache zu einer Fluchtmöglichkeit, einem Ausbruch, einem freien Fall ins Leere. Erst die Milch der Mutter verweigern, dann ihre Sprache. *Eine Andere* werden, unter dem Panzer desselben Körpers, unter der Maske desselben Gesichts ein anderes Leben leben. Sich ein neues Gesicht erfinden, wenn das, das man hat, nicht das eigene ist, sich eine neue Landschaft gewähren, wenn das alte Land zu eng wird.

Adel

Vor über einer Woche erreichte mich Tanias Brief hier im Heim. Noch fühle ich mich nicht in der Lage, ihr zu antworten.

Die weit aufgespannten Flügel des herrschaftlichen Backsteinhauses erstrecken sich über mehrere Stockwerke. Aus meiner Mansarde sehe ich links und rechts die Balkone und Alkoven, den Glockenturm, den zum See abfallenden Rasen. Meine Etagennachbarn höre ich nie, ihre Zimmer befinden sich am anderen Ende des Flurs. Manchmal schieben sie mir kleine Briefe unter der Tür hindurch. Adel, Ada, Kljatschko. Am gewählten Namen erkenne ich, ob es sich um reine Höflichkeit oder um den Beginn einer Freundschaft handelt.

In der Morgendämmerung ähnelt der Wald einer Herde nachtwandelnder Elefanten. An meinem Schreibtisch mit Blick auf den See trinke ich meinen schwarzen Tee mit den fast ebenso schwarzen Kirschen. Es ist wirklich befremdlich, einen Brief über Kljatschko mit einer Anekdote über *Mein Kampf* zu beginnen. Ich frage mich, ob diese Tania ahnungslos ist oder absichtlich provozieren möchte. Sie zwingt mich dazu, Namen auszusprechen, die ich seit einem halben Jahrhundert beiseite gelassen habe, und alle in meiner Umgebung wären empört, diese verbannten Wörter aus meinem Mund zu hören, erstickt, begraben unter einer Schicht aus Schweigen, die die Matrix meiner Erinnerung darstellt.

Ich stehe auf, um meine Sachen im Schrank durchzuschauen. Ein Koffer, in dem ich meine Seidenkleider aufbewahre, ein anderer vollgestopft mit Papierkram, Körbe mit Bettwäsche. Und eine Schatulle aus Leder. Es ist noch nicht an der Zeit, sie zu öffnen.

Bevor ich ihr schreibe, muss ich wissen, was sie an der Geschichte meines Vaters so fasziniert. Warum er und nicht eine andere der vielen illustren Persönlichkeiten meines Landes? Sie sagt es am Ende, dort findet sich das Geständnis, mit dem sie ihren Brief hätte beginnen sollen. Ihr Drang, mir zu schreiben, scheint mir ein Vorwand, um ihr eigenes Leben aus der Distanz zu betrachten, wie ein letzter Blick vor dem Tod. Vielleicht, weil schreiben ein wenig wie sterben ist. Und weil es unmöglich ist, den Verstorbenen Gerechtigkeit widerfahren zu lassen, herrschen sie über die Lebenden mit der unendlichen Macht der Reue. Mein Vater, der »König der Reporter«, herrscht noch immer über uns, über unsere verfluchte Familie Kljatschko, durch Reue, Schmerz, Verzweiflung.

Derjenige, der uns verbindet, über die Jahre, über die Länder hinweg, ist nicht mein Vater, sondern Maxim Gorki. Er ist es, der meinen Vater gerettet hat. Und er ist es wohl auch, der diese junge Bengalin gerettet hat. Ein Brücken-Mann. Ein Aquädukt über den Abgrund, wo die Verzweifelten ihren Durst löschen kommen.

In Gorkis Romanen wimmelt es von schmutzigen Existenzen, unterdrückte, gequälte junge Leute, die von einem starken Moralempfinden angetrieben werden. Ich frage mich, ob die Bengalin sich nicht für ihre Autobiografie an ihren russischen Lektüren bedient hat. Fast scheint es, als wollte sie den Schmerz stellvertretend empfinden. Sie steht vor mir und möchte, dass ich sie näher heranlocke.

Einmal hat mir ein amerikanischer Journalist in einer Bar in Leningrad gesagt, dass er sich in mich verlieben könnte, wegen Anne Frank. Das meinte er ehrlich, das war nicht gespielt. Mein Gesicht war für ihn wie ein Schaufenster, dahinter sah er die Transporte, die Konzentrationslager, die Gaskammern. Er suchte nicht mich, sondern ein Symbol, einen lebenden Beweis für das, was er aus der Ferne kannte, einen Freundschaftsbeweis zwischen zwei Ländern, die einst in einem Krieg vereint waren. Verwirrt von seinem ersten Besuch in der Sowjetunion unter Chruschtschow versuchte er, die Fäden der Geschichte zusammenzuhalten.

Haben auch Schmerzen Grenzen? Werden sie vererbt? Sind auch sie umstellt von Mauern? Manchmal spüre ich sie als einen Stich in die Flanke, schon beim Anblick eines Topfes aus Aluminium. Sie gehen nieder in einem lautlosen Schauer, türmen sich um mich auf. Manchmal ist es ein Trinkgefäß aus Emaille mit einem blauen Griff, das mich aus der Fassung bringt. Plötzlich liegt der Krankenhausgeruch wieder in der Luft, die Schritte von Soldaten hallen vor einer Kaserne, die ich nie gesehen habe, aber hinter den Gittern stelle ich mir meinen Vater vor, sein kantiges, ausgemergeltes Gesicht und seine melancholischen Augen.

Dauernd wurde er wegen seiner Artikel von der

Tscheka verhaftet, in denen er von den Massenausweisungen der Juden aus der Ukraine berichtete, die vorher schon ihre Bürgerrechte verloren hatten und täglich Opfer von Razzien, Verhaftungen und Übergriffen wurden.

Dann wurde mein Vater mit einer seltsamen Begründung des Hochverrats beschuldigt.

Boris Stürmer, der 1916 sowohl den Posten des Innenministers als auch des Außenministers bekleidete, befahl Globaschew, dem Chef des Geheimdiensts von Sankt Petersburg, damals Petrograd, meinen Vater aus der Stadt zu verweisen. Der Minister, der vergeblich versucht hatte, seinen deutschen Namen in Panin, einen alten russischen Adelsnamen, zu ändern, verdächtigte meinen Vater der Militärspionage für Deutschland. Stürmer hatte den Ruf, noch schlimmer zu sein als die anderen. Ein kleinlicher, unehrlicher Geist, der keinerlei Erfahrung mit oder Vorstellung von der Regierungsarbeit hatte.

Unser Haus wurde durchsucht. Und obwohl sie nichts fanden, wurde die Sache dem militärischen Geheimdienst übergeben. Mein Vater wurde verhaftet. Und aus Mangel an Beweisen schließlich wieder freigelassen. Ich habe mich später gefragt, ob es nicht wegen seiner Herkunft war, die nicht rein russisch war. Ob es nicht an seiner Geburtsstadt Wilna lag, um das sich seit dem Mittelalter Litauen, Weißrussland, Polen und das Russische Reich zankten und das während des Ersten Weltkriegs unter deutscher Besatzung stand. Diese Bruchstücke im Grenzbereich, die mit Gewalt am großen Fels gehalten wurden, weckten das Misstrauen der Chefs. Und das nicht ohne Grund.

In den zwanziger Jahren wäre mein Vater beinahe mit dreihundert weiteren Intellektuellen vor das Erschießungskommando geraten. Einen Tag vor der Abschaffung der Todesstrafe, in der Nacht vom 19. auf den 20. Januar 1920, wurde er verhaftet. Alle waren überzeugt, dass er nicht zurückkommen würde. Er war zum Tode verurteilt. Am Ende wurde der König der Reporter durch eine Intervention von Maxim Gorki gerettet. Aus seinem Exil auf Capri, dann in verschiedenen deutschen Küstenstädten, dann wieder in Italien, dieses Mal in Sorrent, wo er versuchte, seine Tuberkulose zu heilen und sicher auch seiner schwierigen Beziehung zu den bolschewistischen Führern zu entfliehen, schuf Alexei Maximowitsch sein Werk und kam seinen Kollegen, Autoren und Künstlern, zu Hilfe, entriss sie den Klauen der Tscheka, wann immer er konnte. Meine Mutter war zu ihm geeilt und hatte ihn angefleht, ihr zu helfen, sie wusste, wie sehr er meinen Vater schätzte.

Dank Gorki wurde der Name meines Vaters von der schwarzen Liste gestrichen. Als meine Mutter das Untersuchungsgefängnis erreichte, kamen die Angestellten ihr entgegen und riefen: Er lebt! Er lebt!

Die Schpalernaja-Straße ist heutzutage so gewöhnlich! Touristen besichtigen die Zelle, in der Lenin inhaftiert war und die heute ein Museum ist. Aber damals wirkte die ganze Straße wie ein Todestrakt, die Schritte der Passanten hallten dort so laut wie die der Häftlinge.

Heute ist es nicht leicht, sich die Energie dieser Männer vorzustellen, den Rausch, der ihnen zu Kopf stieg.

Das Leben ging weiter, mit einem Regenbogen: Raduga. Dieser Name, ein spontaner Einfall meines Vaters bei der Gründung seines Verlags, stellte sich als Vorwarnung heraus. Wer weiß, vielleicht ahnte er, dass das Vorhaben nicht von Dauer sein würde, und hat es mit heiterem Fatalismus genommen.

Nachdem er dem Tod nur knapp entkommen war, stürzte er sich mit Kornei Tschukowski 1921 ins verlegerische Abenteuer. Zunächst zog der Raduga-Verlag in die Schukowski-Straße, dann auf den Newski-Prospekt, in eine der von Sonne und Straßenlärm durchfluteten Galerien des Gostiny Dwor.

Seine Idee war es, ein Archiv der Erinnerungen zu schaffen, mit der Beteiligung seiner jüdischen Freunde. Eine Buchreihe unter dem Titel *Jüdische Chroniken* erschien in vier Bänden. Sie versammelte historische Dokumente, Artikel zur Geschichte antijüdischer Pogrome in Russland vor der Revolution und während des Bürgerkriegs, und über die religiöse Bewegung. Die Buchreihe wurde nach kurzer Zeit eingestellt, als man das Redaktionskollektiv religiöser Verbindungen bezichtigte.

In dieser Zeit mussten wir unsere herrschaftliche Wohnung auf dem Newski-Prospekt aufgeben und auf die Stremjannaja-Straße umziehen, und obwohl diese nur zwei Häuserblocks von der Prachtstraße entfernt war, schien mir das Viertel wie der Hinterhof der Stadt. Ich verstand den Namen der Straße, in der sich einst ein Stall und die Behausungen des Gesindels befanden, als schlechtes Omen. Die rote Hausfassade schien schon bei Errichtung verfallen. Ohne Simse und Säulen, ohne jede Verzierung ragte sie stolz und streng in den Himmel wie eine Kaserne. Durch einen Bogengang kam man in den Hof, eingefasst von den Seitenflügeln des Gebäudes, in denen es von morgens bis abends summte wie in einem Bienenstock.

Aus der großen elterlichen Suite waren wir in eine Gemeinschaftswohnung gezogen. Schon bald verwandelte sie sich in das Büro meines Vaters, das ein einziges Chaos war. Die Leitung von Raduga hatte eine neue Adresse: Stremjannaja-Straße 14. Eine Filiale befand sich in Moskau, vor allem für den Verkauf. Der Verlag hatte an die zwanzig Beschäftigte, darunter viele namhafte Journalisten dieser Zeit.

In allen Zimmern lagen Bücher, selbst zwischen den Küchenhandtüchern fanden sich Seiten und hinterließen ihre Tintenflecken, während sich die Bleistifte und Federhalter im Besteckkasten versteckten. Mischa, der kleine Kater, hatte für seinen täglichen Mittagsschlaf die Schreibmaschine auserkoren und wenn jemand eine Taste drückte, sprang er bis zur Decke. Mein Vater stand kurz vor der Pleite.

Und wieder war es Tschukowski, der alles änderte und alles rettete, wenigstens für eine Zeit. Eines Abends kam er, um mit uns Irinas Geburtstag zu feiern.

Groß und schlank, das elegante Gesicht mit einem dünnen, fast goldenen Oberlippenbart geschmückt, stand Onkel Tschukowski neben dem Küchentisch mit dem Samowar, der nach Tannenzapfen und Prjaniki roch, in denen ich gern mit den Fingern nach Nüssen und Rosinen bohrte, und begann, seine vor über zehn Jahren geschriebenen Gedichte vorzutragen, die er nie jemandem gezeigt hatte. Während er die Verse von

Tarakanischtsche – dem Riesenkakerlak – rezitierte, hockte er sich auf den Tisch und streckte seine knochigen Finger nach mir aus, als wollte er mich kitzeln. Dann brach der Fluss seiner absurden Reime unvermittelt ab, mein Vater, vom Wodka rot angelaufen und verschwitzt, schrie: »So ein Idiot! Wirklich, so ein Idiot!« Verlegen verstummte Onkel Tschukowski. Mein Vater versicherte ihm schnell, dass seine Tirade nicht gegen ihn, sondern gegen sich selbst gerichtet war: »Das ist es, was wir veröffentlichen müssen! Deine absurden Verse! Gerade du, der Lewis Carroll so sehr liebt.«

Samuil Marschak, den ich aus unerklärlichen Gründen nie Onkel nannte, war angesichts der allgemeinen lyrischen Begeisterung ernst geblieben und erinnerte daran, dass mein Vater über keinerlei Organisationstalent verfügte und kein Lyrikkenner war. Onkel Tschukowski glaubte wohl, dass dieser Vortrag vor Freunden seine einzige poetische Erfahrung bleiben würde, ließ sich aber keineswegs entmutigen. Neben seinen zahlreichen Übersetzungen aus dem Englischen schrieb er weiter Gedichte für Kinder und warb bei anderen Dichtern für die neue Veröffentlichungsmöglichkeit. Und die Buchweizengrütze begann zu brodeln.

Noch heute kann ich es kaum glauben. Ich kannte meinen Vater als Journalisten und darauf war ich stolz. Er hatte sich als investigativer Reporter einen Namen gemacht, veröffentlichte regelmäßig seine Gespräche mit Ministern, Persönlichkeiten des öffentlichen Lebens, den Mitgliedern der Duma. Seine schonungslosen Anklageschriften erschienen in den Zeitungen unter dem Pseudonym Lwow. Dasselbe wie Trotzki.

Ich hielt ihn für einen Abenteurer, tapfer, mutig und sehr schlau, der unser großes Land durchquerte, bis in die letzten Winkel vordrang, in die Städte der Verbannung und die Paläste der Macht, nichts konnte sich ihm widersetzen, er arbeitete sich stets zum Kern der Dinge vor und enthüllte ihre erstaunlichen Wahrheiten. Weil er Minister kannte und interviewte, wurde mein Vater von vielen um Hilfe gebeten. Jeden Morgen belagerte ein Dutzend Leute sein Büro, unsere Wohnung, und nie musste jemand gehen, ohne dass er etwas für ihn getan hätte.

Diese fixe Idee des Verlags hat ihn in den Ruin getrieben, die Geschichte ist Zeuge.

Aber erst einmal wurde gefeiert. Mein Vater konnte renommierte Zeichner gewinnen für die Illustration von *Moidodyr* – Waschblitzsauber – und von *Tarakanischtsche* – Der Riesenkakerlak –, dann ließ er siebentausend Exemplare jedes Gedichts im Großformat und reich illustriert drucken. 1924 wurden die ersten Bücher von Raduga in New York ausgestellt. 1925 erhielt Raduga bei der Weltausstellung in Paris eine Medaille für Buchkunst. Im März 1926 wurden die Werke in Cambridge gezeigt. In den folgenden Jahren erhielt Raduga auch in der UdSSR zahlreiche Auszeichnungen. Auch wenn alle wussten, dass dieses literarische Gelage nicht dauern würde, als mein Vater gegen den Widerstand aller anderen, die dachten, er habe den Verstand verloren, Kornei Tschukowski siebentausend Rubel für jedes seiner beiden Gedichte, *Moidodyr* und *Tarakanischtsche,* auszahlte. Von Geld verstand er nichts. Oder wie man bei uns sagt, er konnte die Hand nicht zur Faust ballen.

Ein Rubel pro Heft, das war viel zu teuer für die Kinder in Russland, zu einer Zeit, als die Maßnahmen der Regierung zur Alphabetisierung nur sehr langsam vorankamen. Meine Schwestern und ich gingen auf die Tenischew-Schule, wo wir in Naturwissenschaften und Französisch unterrichtet wurden, und hatten keine Ahnung, dass wir zu den Wohlhabenden gehörten. Ich erinnere mich, die *Marseillaise* ein Jahr lang als Eröffnungshymne jedes Schultags gesungen zu haben. Im nächsten Jahr ersetzten die bolschewistischen Führer sie dann schnell durch die *Internationale,* um Verwirrung zu vermeiden.

Mein Vater und seine Dichterfreunde diskutierten stundenlang an unserem Küchentisch. Anja und Ira spielten einfach weiter, meine Schwestern standen der literarischen Welt eher gleichgültig gegenüber. Ich blieb da und lauschte den magischen Worten der Gespräche unter Erwachsenen. Die Teetassen hinterließen kleine Kreise auf der weißen Tischdecke, und ich fügte weitere hinzu, um das olympische Symbol zu zeichnen.

Der Wind fährt durch die Blätter, die Äste halten dem Gewitter stand, ein Blitz öffnet den Himmel einen Spalt breit und ein grauer Sturzbach geht nieder. Wie der Nachhall eines riesigen Konzerts rollt der Donner von der anderen Seite über den ganzen See hierher und rüttelt an meinen Fenstern.

Ich nehme den Brief der Bengalin wieder auf. Wie eine Kletterpflanze streckt der Brief seine Schlingen nach mir aus, über Länder und Kontinente, Jahre und Jahrzehnte hinweg, legt sich über verlassene Monolithen, streift über Grabsteine. Ich höre ihre Stimme wie das Summen einer Biene, die in einem Honigglas gefangen ist. In meiner Kindheit habe auch ich meinen Körper unter den farbenfrohen Büchern versteckt. Ich will nicht, dass man die alte Decke aus kunstvoll gewebten Lügen lüftet. Es gibt nichts Schlimmeres, als eine zarte Seele dieser zerstörten, eisigen Welt auszusetzen, die kein Strahl eines Traums mehr wärmt.

Ich möchte wieder Gras unter meinen nackten Füßen spüren! Auf dem einsam daliegenden Rasen zum See ziehe ich meine Schuhe aus und lasse den grünen Atem der Grashalme an meine Füße, in meinen Körper, bis in meinen Kopf, damit ich selbst ein grüner Nebel werde, schwebend, ätherisch, von der Morgenluft davongeweht. In diesen Momenten könnte mich nur ein Mundvoll Schnee in die Wirklichkeit zurückbringen, das helle Kitzeln auf den hellwachen Geschmacksknospen. Um gegen die Kälte anzukommen, muss man noch kälter werden. Diese Devise wird sich immer bewahrheiten, das ist es, was mein Vater gemacht hat: Man muss wahnsinniger werden als der Wahnsinn, der uns umgibt.

Entgegen allen Voraussagen hatte mein Vater ein gutes Händchen gehabt. Wer hätte ahnen können, dass eines Tages mitten in Moskau eine Statue von Moidodyr aus *Waschblitzsauber* von Tschukowski errichtet werden würde? Als ich sie bei einem Spaziergang im Sokolniki-Park das erste Mal sah, dachte ich, mein Herz würde zerspringen. In Russland besitzen die Jahre diese magische Kraft, unsere Herzen mit einem Spinnennetz aus feinen Rissen zu überziehen.

Nach rund einem Dutzend Auflagen wurden seine Gedichte so populär, so bekannt, dass Moidodyr heute das Symbol für Hygiene und Sauberkeit in Russland ist, das auf Seifenpackungen und auf einer Briefmarke prangt. Mein Vater konnte auch erfolgreiche Autoren wie Samuil Marschak, Witali Bianki, Elena Danko und sogar Wladimir Majakowski gewinnen, die ebenso begabte Zeichner mitbrachten. Es war Walentin Katajew, der den Dichter von *Wolke in Hosen* an Raduga vermittelt hatte. Als Majakowski erfuhr, dass Katajew von meinem Vater einen Rubel pro Vers bekam, wollte er meinen Vater sprechen. Die drei trafen sich eines Morgens im Büro von Raduga, das heißt in unserer Wohnung in Leningrad, und in der nächsten Woche begann Majakowski die Arbeit an seinem Gedicht *Der dicke Petja und der dünne Sima*. Die illustre Gruppe wurde angeführt von einem Mann, der sich an seiner eigenen jugendlichen Energie berauschte.

Nachdem Onkel Tschukowski sein *Buch für Mura*, seine Tochter, fertiggestellt hatte, brachte er sie mit zu uns, damit sie sah, wie es hergestellt wurde. Sie war ein schelmisches, neugieriges Kind, das mit seinem Vater irrwitzige Gespräche führte. Aber als Onkel Konaschewitsch sie bat, den Mund aufzumachen und ein Butterbrot zu essen, damit er sie zeichnen konnte, wurde die Kleine rot und steif wie eine versteinerte Heuschrecke. Das war Onkel Tschukowski ein wenig unangenehm und ich musste beim Anblick der beiden an Dmitri Mamin-Sibirjak denken, der ebenfalls für seine Tochter Aljonuschka einen ganzen Märchenband geschrieben hatte. Heimlich beobachtete ich meinen Vater: Versteckte sich hinter seiner fröhlichen Begeisterung für diese Dichter das Bedauern, keine Märchen und Gedichte für mich schreiben zu können? Wünschen sich alle Väter insgeheim, für ihre Töchter Märchen und Gedichte zu schreiben?

Mura ist für mich für immer ein kleines Mädchen geblieben. Sie starb noch vor ihrem zwölften Geburtstag an Knochentuberkulose.

Damals ahnte ich nicht, dass Onkel Tschukowski trotz des Erfolgs seiner Gedichte immer große Geldsorgen hatte. Ich wunderte mich nur, wenn ich sah, wie mein Vater ihm einen geräucherten Schinken gab oder seinen Mantel flicken ließ, der völlig zerschlissen war.

Seit ihrer ersten Begegnung war einige Zeit vergangen. Mein Vater war nicht mehr der Freund und Verleger, dem er seine Gedichte vortrug, nun kam er zu uns, um Geld zu fordern, er blieb nur kurz und verließ uns vor sich hingrummelnd wieder, noch verstörter, als er gekommen war. Er fand eine moralische und intellektuelle Zuflucht bei befreundeten Autoren und Künstlern, Anna Achmatowa, Jewgeni Samjatin, Ilja Repin und Isaak Brodski. Der Petersburger Winter, den Mandelstam als *den staatlichen Eisblock* bezeichnete, seine zähflüssige Luft, die durch die vom feuchten Schnee durchweichten Straßen trieb, und seine knochendürren Lieferanten von rationierten und immer knappen Lebensmitteln machten es den von Geldsorgen geplagten Dichtern und ihrem Verleger nicht leichter. Aber ihre Schwierigkeiten brachten sie nicht näher zusammen. Sie zogen sich alle immer mehr zurück, trotz ihrer regelmäßigen Treffen, und fühlten sich abwechselnd vom System und den eigenen Genossen hintergangen, und hätte man in ihrem Tagebuch gelesen, wäre man sicher enttäuscht gewesen, wie die Bitterkeit und die Verzweiflung des Alltags jede Poesie erstickte.

Zu jener Zeit überlebten wir mehr schlecht als recht in unserer Kommunalka. Ich erinnere mich nicht mehr, wann ich das letzte Mal das gewellte, schwarze, in der Mitte gescheitelte Haar meiner Mutter gesehen habe, wenn sie in ihrem weißen Satinkleid herumwirbelte und über ihre Perlenkette streichelte, die strahlte wie ihr Gesicht. Mein Vater hatte mich immer an einen Muschik erinnert, braungebrannt wie er war, aber nun wirkte er alt. Ständig fuhr er sich nervös mit den Fingern durch sein dunkles, dichtes Haar.

In unserer Küche traf man die unterschiedlichsten Leute, sodass ich mir vorkam wie in einer Fußgängerzone zwischen Unbekannten. Die anderen Zimmer wurden von einem Paar bewohnt, das für die GPU arbeitete, einer Frau, deren Mann im Gefängnis saß, weil er in der Metzgerei, in der er arbeitete, Speck geklaut hatte, und einem jungen Tataren, der die arabische Schrift verlernte, bevor er in die Kolchose seines Dorfs zurückkehrte.

Wir bewohnten nur noch zwei Zimmer, eins für meinen Vater und meine Mutter, das andere das Büro meines Vaters, wo Anja, Ira und ich uns zwei kleine Liegen teilten, eingekeilt zwischen den überladenen Bücherregalen. Mischa war so verängstigt von dem Durcheinander und den ständigen Tritten durch unbekannte Füße, dass er für mehrere Wochen verschwand. Als er wieder auftauchte, war er nur noch Haut und Knochen und umgarnte ärgerlicherweise das Pärchen von der GPU.

Die Küche wurde zum Mittelpunkt unseres beengten, ummauerten Lebens. Der ursprünglichen Idee zufolge sollten wir dort unser Essen teilen, solidarisch zusammenrücken, vor unseren Töpfen Gleiche unter Gleichen werden. Nach zwei Wochen verriegelte die Frau des Speckdiebs ihr Schränkchen mit einem Schloss. Meine Mutter sagte, dass die Wände der Küche voller Mikrofone seien, um uns jedes gesprochene Wort, und sei es auch noch so harmlos und unschuldig, im Mund herumzudrehen und uns anzuzeigen. Sehr schnell verwandelte sich die Küche in ein Schlachtfeld. Sie war die schmerzenden Eingeweide unserer geplagten, einsamen Existenzen, sodass alle sie mieden, als fürchteten sie, dass sie vor den anderen plötzlich alles wieder unverdaut von sich geben müssten.

Nach dem unveränderlichen Kalender abwechslungsloser Mahlzeiten wirbelte das Programm für industrielle Nahrungserzeugung unseren Alltag durcheinander. Anstelle von Borschtsch und Hafergrütze eroberten Suppen aus der Dose, Fisch und Fleisch unsere Küche. Wir lebten unter den Fittichen von Väterchen Stalin, der in einer Sondersitzung mit Molotow persönlich über die Zusammensetzung des Speiseplans entschied. Er war überall, allgegenwärtig, bis in unsere Töpfe und Tiegel.

Wir stellten unseren Samowar wie eine antike Statue in einer Ecke des Büros meines Vaters auf. Das Einzige, was wir den ganzen Tag über reichlich hatten, war schwarzer Tee, sodass es sich anfühlte, als flösse er in meinen Adern und als fehlte nicht viel, dass mein Körper, mein Hals, meine Arme und Beine zu einer riesigen Teekanne wurden.

Ich lernte Ballett. Meine Mutter erzählte mir von Anna Pawlowa, die auch aus Leningrad stammte. Meine Mutter sagte Sankt Petersburg, anscheinend aus Respekt vor der Chronologie. Sie war überzeugt, dass ich dieselben gewölbten Füße und zarten Glieder wie Pawlowa hatte, dass meine Arme und Beine so lang wie ihre waren. Aber anders als zu ihrer Zeit an der Theaterfachschule, am Bolschoi und am Mariinski-Theater bevorzugte man nicht mehr die Pummeligen. Und so nannte mich niemand einen Besenstiel. Wir kleinen Ballerinas waren alle spindeldürr und wollten nach den Sternen greifen.

Auch wenn Anna Pawlowa als *Der sterbende Schwan* berühmt geworden war, liebte ich sie vor allem als *Radha-Krishna*, das göttliche Liebespaar, das sie mit dem hinduistischen Tänzer Uday Shankar formte. Sie hatte ihn 1923 in London auf ihrer internationalen Tournee kennengelernt. Das indische Wunderkind, das den klassischen Tanz seines Landes tiefgreifend verändert hatte, war in seinem Land und im Ausland zu Ruhm gekommen und gründete in Paris die erste Kompanie für indischen Tanz in Europa, ausgerechnet im schicksalhaften Jahr 1931, dem Jahr, in dem Anna starb.

Ich habe niemals mit einem Hindu getanzt. Aber hier sitze ich und lese den Brief dieser kleinen Hindu. Ich sage klein, sie ist heute, wo sie mir ihren Brief schreibt, bestimmt sechsundzwanzig, siebenundzwanzig Jahre alt.

Auch wenn ihr Ganges weit weg von meiner Newa fließt, sind sich die Nebel ähnlich, die unsere Herzen umgeben, streicheln und wiegen, bis sie in tiefen

Schlaf fallen. Und da geht sie weiter ihres Weges, die traumwandelnde Bengalin.

Vielleicht irren in diesem Augenblick Hunderte von Traumwandlern umher, balancieren auf dem virtuellen, über ihre indischen Städte gespannten Netz und suchen nach russischen Büchern, nach Menschen, die in anderen Zeiten lebten, lange bevor alles in sich zusammenstürzte. Ihre Wege kreuzen einander blitzartig, ihre Nachrichten auf dem Netz bilden Knoten im Dunkeln, leuchten, flackern, wachen über eine vergangene Welt.

Im Heim gibt es heute eine kleine Feier. Olga Petrowna und Wassili Wassiljewitsch haben sich hier kennengelernt. Sie sind beide über siebzig, und er hat ihr Herz erobert, indem er sie beim Kartenspielen gewinnen ließ. Hin und wieder finden hier zwei Menschen zusammen, ihre Liebe ähnelt einem Rettungsring gegen Alzheimer, Blindheit, Behinderungen und andere Krankheiten, die mit systematischer Grausamkeit den Körper zerstören, dieses gestrandete Schiff, aus dem die Hoffnung wie eine surreale Flamme lodert.

Mit einem Glas Cognac in der Hand entferne ich mich von der Feier. Ich setze mich auf das Mäuerchen, das den Rasen einfasst, und lasse die leichte Brise vom See über mein Gesicht streicheln.

Aller Anfang ist wahr, sinnlos ist bloß das Ende. Niemand ahnte, dass sich hinter den fröhlichen, wunderschönen Büchern, die mein Vater veröffentlichte, eine solche Not verbarg, dass jede ihrer Seiten den Krallen der Zensur entrissen werden musste. Niemand kann sich heute mehr vorstellen, dass für den Aufbau eines Landes seine Menschen und ihre Ideen systematisch ausgelöscht werden sollten.

In dieser ohnehin schon angespannten Atmosphäre veröffentlichte Anna Grinberg ihre Stellungnahme, in der sie in Zweifel zog, dass diese fantastischen, von

Genies verfassten Gedichte den Kindern des Sowjets im Jahr 1925 die richtigen Werte vermittelten. Das war der Anfang vom Ende.

Anna Grinbergs Meinung wurde von der Zentraldirektion für literarische Angelegenheiten geteilt, die die Situation für unbefriedigend befand. Nadeschda Krupskaja, Lenins Ehefrau und führende Theoretikerin in diesem Bereich, äußerte sich besonders kritisch und bezeichnete Tschukowskis Dichtung als *bourgeoisen Schund.* Sie und ihre Genossen verurteilten die Bücher von Raduga als *oberflächlich, unausgereift, fade, belanglos und dumm.* Sie prägten dafür sogar einen Neologismus, Tschukowskismus, der das Apolitische in der Literatur bezeichnete. Mehrere Bücher von Samuil Marschak, Witali Bianki wurden zensiert. Die wenigen Stimmen, die Märchen, Abenteuergeschichten und Science-Fiction verteidigten, wurden von allen Seiten ausgebuht und verlacht. Die Bücher wurden wegen ihres unangemessenen Humors in Bezug auf die Arbeiterklasse kritisiert und als ungeeignet erachtet, von Arbeiterkindern, die körperliche Schwerstarbeit gewohnt waren, gelesen zu werden. Man war sich einig, dass mit Kindern ernsthaft über ernste Dinge gesprochen werden musste, dass man sie an den literarischen Realismus heranführen musste.

Ich habe immer geglaubt, dass es Leute gibt, die Schmetterlinge in der Hand zerdrücken, um an die Farben zu kommen. Ich weiß nicht, welche Farbe ihre Seele hat oder ob sie überhaupt an die Existenz der Seele, dieses flüchtigen, zerbrechlichen Dings, glauben.

Zu Hause lag wieder der Geruch der Verzweiflung über allem. Mein Vater hielt noch stand, aber sein Lächeln war zunehmend angestrengt. Er wusste, dass kein Verleger eine derart harsche Kritik überleben konnte, wenn sie von Nadeschda Krupskaja kam. Selbst wenn Raduga mit einem Katalog von zweihundertsiebzehn Titeln mittlerweile auch im Ausland einen guten Ruf hatte. Eine neue Welle proletarischer Literatur würde die Veröffentlichungen des Raduga-Regenbogens unter ihrer strengen Kritik begraben.

Die Direktion für literarische Angelegenheiten zensierte auf zentraler oder regionaler Ebene Ausschnitte aus Büchern, stellte sich ihrer Veröffentlichung in den Weg oder verbot sie gleich ganz. Onkel Tschukowski hatte schon das Verbot von *Das Krokodil am Telefon* schwer getroffen, und nun widerfuhr ihm mit *Die Fliege Siesesum* dasselbe Schicksal. Trotz seines Briefs, in dem er versuchte, die Fliege und die Mücke aus seinem Gedicht zu verteidigen, blieb die Direktion für literarische Angelegenheiten, der das Verhalten dieser Tierchen ausschweifend und entartet schien, unnachgiebig. Die *Prawda* veröffentlichte einen niederträchtigen Artikel über die Zeitschrift *Der Zeitgenosse,* in der diese Autoren versammelt waren. Zur selben Zeit wurden Ossip Mandelstams Einkünfte von der Steuerbehörde gepfändet, wodurch er von niemandem mehr Vorschusszahlungen erhalten konnte. Außerdem wurde ein Büchlein meines Vaters von der Direktion mit dem Vorwand verboten, über die Zöpfe der Chinesen gespottet zu haben.

Mein Vater verbrachte seine Tage damit, seine Autoren vor der Direktion zu verteidigen und ständig zwischen Moskau und Leningrad hin und her zu reisen, verstrickt in ein endloses Durcheinander aus Diskussionen mit Verwaltungsbeamten, die nach eigenen politischen Maßstäben über das Schicksal der Texte entschieden. An einem Tag verkündete der Verwaltungsapparat Papierknappheit, am nächsten eine Zensur. Manchmal bot man ihm an, die Veröffentlichung zu genehmigen, wenn die Autoren im Gegenzug auf ihre Urheberrechte verzichteten. Und wenn er nach mehrmonatigen Bemühungen grünes Licht von der Zentraldirektion erhielt, kippte sie ihre Entscheidung in letzter Minute wieder, weil ein Verwaltungsbeamter vergessen hatte, sein Stempelchen auf einen Bücherkarton zu setzen. Die Kontrolleure wurden von Spitzeln informiert und schauten ständig vorbei. Mein Vater war ruiniert und versuchte erfolglos, bei der Steuerbehörde einen abermaligen Aufschub zu erwirken.

Der sowjetische Machtapparat weitete die Politik der Entkulakisierung auf die russische Literatur aus: die Vernichtung aller unabhängigen Verleger, um eine riesige nationale Sowchose literarischer Produktion zu errichten.

Zerrissen zwischen Verheißung und Verzweiflung steckte mein Vater den Kopf in den Sand. Vielleicht existiert im Sand eine Sekte von Reisenden, die sich ihre Tunnel graben, den Unwettern aus dem Weg gehen und geschützt vor den Tumulten der Realität in einer Parallelwelt leben. Und Tania die Bengalin gehört zu ihnen. Von Kalkutta bis Petersburg folgt sie einem Trugbild, dem Bild meines Vaters. Wäre sie enttäuscht, wenn sie ihn wirklich kennen würde, Kljatschko, meinen Vater, den Gründer von Raduga, wenn sie die Geschichte hinter all den russischen Geschichten, die sie gelesen hat, herausfände? Hat nicht der Tod die Sache leichter gemacht, indem er die Schuld auslöschte und dem Mann eine unbefleckte Aura verlieh?

Mitten in der Nacht schrecke ich von den Schreien der Ratten im Zimmer auf. Der Boden ist durchsichtig geworden und darunter, unter meinen Füßen, wimmelt es von Tausenden von Ratten. Ich knipse die Nachttischlampe an und habe plötzlich Lust, Tanias Brief zu zerreißen. Ich muss mich beherrschen, um der Versuchung zu widerstehen. Meine Erinnerungen schlagen wie eine Flutwelle über mir zusammen. Sie werden mich verstört und leer zurücklassen, erfüllt allein von Reue. Der Tod bringt keine Klärung. Für meinen Vater, den vom Thron gestoßenen Prinzen, habe ich nichts tun können. Und der Brief der Bengalin bohrt sich wie ein Messer in meine Wunden.

Während ich auf die Morgendämmerung warte, wälze ich mich in meinen Kissen hin und her.

Brot ist ein Lebensmittel, das man nicht gut allein genießen kann. Es ist das Symbol der Einsamkeit, immer ist zu viel da und am nächsten Tag schon vertrocknet, wenn man niemanden hat, um es zu teilen. Im Gegensatz zum Wein, dem treuen Begleiter der Einsamen. Es ist, als wäre Christus zweigeteilt, sein Körper für die Armen, sein Blut für die Verlassenen.

Im Heim machen sie sich über mich lustig, wenn ich so rede. Am Morgen war ich in der Gemeinschaftsküche, weil ich nicht wollte, dass mein Brot vertrocknet. Meine Nachbarn kommen aus allen Ecken Russlands und sogar von der Krim. Sie heben das Glas auf ihr Glück und ihre Gesundheit, um zu beweisen, dass sie das Exil besiegt haben, dass sie es wie eine Brache in sich tragen, als ob die Alltagsrituale der Gesellschaft diese Brachen bewohnbar machen könnten.

Meine angeblich albernen Überlegungen zur Religion kommen vielleicht daher, dass ich von einem atheistischen jüdischen Vater erzogen wurde, und von einer Mutter, die versuchte, ihren Glauben zu unterdrücken. In einem Land, in dem die Kathedralen und Moscheen zu Lagerhallen, Museen und Schwimmbädern umfunktioniert wurden, hat sich meine religiöse Identität von mir gelöst wie eine alte Schlangenhaut. Alle meine Kinder und Enkelkinder sind so aufgewachsen. Als die anderen Kinder meine Enkeltochter Natalia einmal damit aufzogen, dass ihre Großmutter Jüdin sei, wusste sie nicht einmal, was damit gemeint war. Sie antwortete: »Sie ist nicht Jüdin, sie ist Rentnerin!«

Mein ganzes Leben lang habe ich heftig abgewehrt, was der Großteil der Erdbevölkerung zum Kern seiner Psyche gemacht hat, habe meinen Geist bearbeitet, als handelte es sich um eine Ausbildung, wie beim Ballettunterricht, hinauf auf die Zehenspitzen, ein schmerzliches Gleichgewicht mit der Realität halten, mit dem linken Bein einen Lebensraum in die Leere zeichnen, bevor ich mich ins Absolute stürze, schwebe, von allem befreit.

Meine Mutter verbarg ihren Glauben wie eine Alkoholikerin, die die leeren Flaschen hinter die Möbel räumt, oder wie ein kleines Mädchen, das die Kätzchen unterm Bett versteckt, verlegen lächelnd, weil die Lust wieder einmal stärker war. Als die seltsame Jüdin, die sie war, führte ihr Lieblingsspaziergang am Gribojedow-Kanal entlang, und auch wenn in der Auferstehungskirche nie ein Gottesdienst gefeiert wurde, blieb sie, gepackt von wer weiß welchem moralischen Gefühl, immer am Haupteingang stehen. In der Abenddämmerung erinnerte die Kathedrale an eine riesige Torte aus Gold, belegt mit Früchten aus Edelsteinen.

Diese Spaziergänge waren romantische Abschweifungen, die meinen spöttischen Geist und meine Lust an Fantastereien noch verstärkten.

Die Nonsensdichtung im Verlag meines Vaters, die sich nicht um den sozialistischen Realismus scherte, fand ihr nostalgisches Echo im schüchternen Glauben meiner Mutter. Sie waren zusammen glücklich, und das verlieh selbst unserer engen Kommunalka einen unvergänglichen Glanz.

Draußen war die Welt immer verstörender. Zu den Repressalien der Zentraldirektion kamen bei meinem Vater auch große finanzielle Schwierigkeiten. Der anfängliche Elan von Raduga hatte seine angeborene Unfähigkeit in Geldangelegenheiten überdeckt, aber seit das offizielle Urteil der Direktion das Ende eingeläutet hatte, wurden seine Autoren langsam panisch.

Seit Jahren hatten die Nationaldruckereien meinen Vater ausgesaugt und ihm große Summen Geld abgenommen, weil er keine eigenen Maschinen besitzen durfte. Er floh vor seinen Gläubigern. Wenn sie ihn am Telefon sprechen wollten, mussten wir seine Abwesenheit vortäuschen.

Mein Vater konnte nicht einmal mehr seine besten Autoren bezahlen und verlor in ihren Augen seine Glaubwürdigkeit. Die Gespräche mündeten in Streitereien, von früheren freundschaftlichen Beziehungen blieb nur der bittere Nachgeschmack der Enttäuschung.

Die Dichter verkauften einander ihre Bücher für einen oder zwei Rubel, bemühten sich bei verschiedenen Verwaltungsstellen um Unterstützung und sahen das Betteln als einen sichereren Broterwerb als das Schreiben. Ihre abgetragenen Mäntel und mehrere Schichten von Pullovern unter einer Jacke genügten nicht, um dem eisigen Petersburger Winter die Stirn zu bieten, aber wenn sie am Ofen in der Küche zusammensaßen, glaubten sie noch, der Wodka und die Poesie, die in ihren Adern flossen, könnten sie retten.

Onkel Tschukowski stritt sich immer heftiger mit meinem Vater, am Telefon und in seinem Büro. Samuil Marschak, Witali Bianki, Schwarz und alle anderen Dichter und Künstler ebenfalls. Später verstand ich, dass Tschukowski die anderen in ihren Wohnzimmern, mit ihrem schlechten Geschmack und ihrem zwielichtigen Geld, immer reicher fand, als sie sein sollten, und dass er meinen Vater nie bewundert hatte, weil er für ihn immer bloß ein Buchhändler gewesen war, ohne jede Kultur und ohne jedes literarische Talent, eher eine Hürde für sein dichterisches Schaffen.

Diese Brüche brachten hässliche Gefühle zum Vorschein, die sich wie Lava unter der Oberfläche gesammelt hatten. Alte Witze über Juden und Geld machten bei Zusammenkünften wieder die Runde, manche erstellten eine Liste mit sympathischen Juden und zeigten sich verwundert über den Gegensatz zwischen ihren körperlichen Merkmalen und ihrer feinfühligen, geistreichen Art.

Mein Vater versuchte verzweifelt, seinen Verlag zu retten, aber mit bloßen Händen kann man ein sinkendes Schiff nicht aufhalten.

Die Autoren und Zeichner, die mein Vater entdeckt hatte, bekamen Angst, auf den schwarzen Listen des stalinistischen Regimes aufzutauchen. Sie verließen Raduga, wechselten zum Staatsverlag Gosidat und nahmen die größten literarischen Schätze mit.

Im Jahr 1927 durfte mein Vater fast achtzig Prozent seines Katalogs nicht mehr veröffentlichen, angeblich weil die Qualität der Bücher des Verlags abgenommen hatte.

Das war der Todesstoß. Er verschwand für mehrere Tage von zu Hause. Meine Mutter und ich suchten ihn in allen Bars und Tavernen zwischen dem Newski-Prospekt und der Bolschaja-Morskaja-Straße. Endlich fanden wir ihn auf den Stufen zum Gribojedow-Kanal, lang ausgestreckt auf den Steinplatten, halb verhungert und sturzbetrunken, ein Gemisch aus Tabak, Wodka, Erbrochenem und Urin als einzige Decke in der Nacht.

Heute Nachmittag rief meine Enkelin an. Als sie mir die Details meiner Reise in die Vereinigten Staaten erklärte, kam sie auch auf meinen Vater zu sprechen. Der Urgroßvater, den sie nie kennenlernen konnte, hat sie lange beschäftigt. Dann hat sie es aufgegeben, sicher auch, weil ich mich weigerte, den ewig verschlossenen Schrank der Vergangenheit zu öffnen, dessen Schlüssel an meinem ebenso rostigen Herzen baumelt.

Heute hat sie ihren Mut zusammengenommen, um mich zu überzeugen, die ganze Raduga-Sammlung zu verkaufen, die ich von meinem Vater geerbt habe. Sie meinte, sie habe sich nach dem besten Käufer umgeschaut, der in der Lage sei, den Wert dieser seltenen Werke zu schätzen. Mit Hilfe einiger russischer Autoren in Boston trat sie schließlich mit der Cotsen Library an der University of Princeton in Kontakt. Bei meiner Ankunft dort soll ich die Direktorin der Bibliothek treffen.

Wie soll ich diesen Yankees vertrauen? Aber habe ich überhaupt eine Wahl?

Ich hatte jedenfalls keine Wahl, als sie mich überzeugte, meine Wohnung in der Stremjannaja aufzugeben und in dieses Heim zu ziehen. Sie hatte Sorge, dass ich mir den letzten Rest des Familienerbes von der Mafia abnehmen lasse, die seit der Privatisierung der Wohnungen sehr aktiv ist. Trotz des ganzen Geredes, dass der Immobilienmarkt eins der lukrativsten kriminellen Geschäfte geworden sei, zögerte ich lange.

Dann erwischte ich eines Tages den Enkel meiner Nachbarin dabei, wie er tonnenweise Kartoffeln anschleppte. Mitten in der Nacht zog bitterer Gestank aus ihrem Zimmer. Ich verstand, dass die Schwarzbrennerei wieder auflebte wie in den zwanziger Jahren, gleich nach der Revolution, als die Großmütter massenweise beim Verkauf von *Samogon* verhaftet wurden.

Schließlich wurden eines Abends die Nachbarn im Hof handgreiflich. Sie verprügelten Michail Michailowitsch, einen Professor der Universität für Industrie und Technik, weil er sich den anderen in den Weg stellte, als sie mit Hämmern die sowjetischen Symbole an der Fassade des Forschungsinstituts zertrümmern wollten. Aus den lebhaften Gesprächen in unseren Küchen wurden gewöhnliche Hof- und dann Straßenschlägereien. In diesen Hochzeiten des Gangstertums riet man mir, mich in den Wald zurückzuziehen.

Die verfallene rote Fassade unseres Gebäudes, die sich von den sandfarbenen Bauten abhob, auf der Haut der Straße die durchscheinenden Venen der Tram, ihre Stromleitungen wie gespannte Drachenschnüre bis zum Horizont, der Durchgang, wo die kleinen Mädchen Seilspringen spielten und das sanfte Klatschen ihrer Füße auf dem Beton zu meinem Fenster aufstieg, all das bildete einen Magneten, der mich im Leben hielt und verhinderte, dass die Jahre sich in der unbedeutenden Anonymität verloren. Ich konnte diese Wohnung in Leningrad nicht verlassen, sie war das Rückgrat unserer Familie Kljatschko, auch wenn jedes Zimmer mit Schmerz vermintes Gelände war.

Frühling 1930. Die Newa brach langsam ihr Eis. Eiszapfen stürzten wie mittelalterliche Dolche von den Gebäuden entlang der Straße. Raduga war endgültig geschlossen.

Meine Mutter hatte solche Angst gehabt, dass sie mehrere Nächte auf einem Hocker im Flur verbracht hatte, um über meinen Vater zu wachen. Aber mein Vater schlug nicht über die Stränge. Im Gegenteil, er war wie erstarrt, stumm, an den Boden unserer Wohnung genagelt. Mehrere Tage lang war das schwere Geräusch seines Atems für uns der einzige Beweis seiner Anwesenheit. Von Zeit zu Zeit wurde er von einem Hoffnungskrampf gepackt. Er schüttete eine ganze Flasche Schustow-Weinbrand in sich hinein und schrieb Briefe, wobei er sich die Sätze immer wieder laut vorlas und sich einredete, einen Weg zu finden, seinen Verlag bald wieder zu eröffnen. Dann fiel alles wieder in sich zusammen, er flüsterte noch leiser, zerschellt an seiner eigenen trüben, zittrigen, zertrümmerten Seele.

Als letzte Rettung wandte sich mein Vater an Maxim Gorki. Einige Jahre zuvor hatte der offizielle Sowjet-Schriftsteller Lenins Spott auf sich gezogen wegen seines Versuchs, eine Philosophie des *Bogostroitelstwo* oder Gotterbauertums zu etablieren, die einen religiösen Atheismus begründen wollte. Trotzdem war er seither der Überzeugung, dass die Kultur entscheidender für den Erfolg der Revolution war als politische und wirtschaftliche Maßnahmen.

Aber die Zeiten hatten sich geändert. Bei seiner Rückkehr aus Italien, seinem zweiten Exil und damals unter Herrschaft der Faschisten, nahm Gorki auf persönliche Einladung Stalins, um den alle Schriftsteller wie in einem Sonnensystem kreisten, seinen Ehrenplatz in der Heimat wieder ein und begleitete nun die Bauarbeiten am Weißmeer-Ostsee-Kanal, um ein Buch darüber zu schreiben. Und das Buch kam so schnell voran wie der Bau des Kanals, bei dem Hunderttausende Gefangene aus den Gulags zwischen Weißmeer und Ostsee ihr Leben ließen. Während die Menschen die Erde umformten, zog die Erde die Menschen in ihren steinigen, schlammigen, eiskalten Bauch. Die Jahre im Exil schienen dem Autor von *Nachtasyl* die Augen verschlossen zu haben. Gorkis Text war das Spiegelbild des berüchtigten Kanals: der gescheiterte Versuch, grandiose Schiffe über eine enge Wasserstraße ohne Tiefgang zu bekommen.

Er konnte nichts für die Wiedereröffnung von Raduga tun. Aber er war es, der meinen Vater dazu brachte, sich Gosidat anzunähern. Meine Mutter glaubte sogar, dass Gorki bei dem Staatsverlag ein gutes Wort einlegte, damit sie meinen Vater als Berater einstellten. Noch ein Jahr zuvor hätte niemand es für möglich gehalten, dass Lew Moisejewitsch Kljatschko eines Tages für Gosidat arbeiten würde. Aber so kam es: ein Hochseeschiff, gezwängt in einen engen Kanal.

Um ihn herum rollten die Köpfe. Mehrere Novellen von Witali Bianki und Scharuschin wurden zensiert, Samuil Marschak und Kornei Tschukowski wurden angeklagt, der moralischen Gesundheit der Kinder geschadet zu haben.

Und dann die Majakowski-Affäre, die erstaunlichste von allen.

Seit einer Weile hatten seine Gedichte harsche Kritik auf sich gezogen, und seine Kinderbücher waren aus den Moskauer Bibliotheken entfernt worden. Bei der Ausstellung zur Feier seines zwanzigjährigen literarischen Schaffens wurde der von seinen unglücklichen Lieben gezeichnete Dichter von allen Seiten angegriffen. Als *Poputschik* – bloßer Opportunist der Revolution ohne eigene Überzeugung – verleumdet, bei der Lesung seiner Gedichte ausgebuht, von der sowjetischen Presse zerrissen, die genug hatte vom *Majakowskismus*, wurde er am 12. April 1930 das letzte Mal in der Öffentlichkeit gesehen.

Zwei Tage später fand man den Dichter, der auch zuvor dem russischen Roulette nicht abgeneigt gewesen war, tot mit einer Kugel im Herzen, mit seinem eigenen Grabspruch neben sich: »Wie man so sagt, der Fall ist erledigt; das Boot meiner Liebe am Alltag zerschlug. Bin quitt mit dem Leben. Gebt niemandem die Schuld, dass ich sterbe, und bitte kein Gerede. Der Verstorbene hat das ganz und gar nicht gemocht. Zum Teufel die Schmerzen, die Ängste, die gegenseitigen Anschuldigungen! ... Seid glücklich!«

Aber dafür war es zu spät für jene, die frei sein wollten. Seine Worte hatten nichts von einem Segenswunsch, sie klangen eher wie die Erklärung der gemeinsamen Niederlage. Samuil Marschak, der verstanden hatte, dass Majakowski nicht schrieb, *damit man seine Verse bewunderte, sondern damit seine Verse arbeiten, das Leben durchdringen und es verändern*, Boris Pasternak, Witali Bianki und viele andere Dichter, Schriftsteller, Künstler und Verleger protestierten empört gegen die absurden und tyrannischen Maßnahmen der bolschewistischen Führer und Aktivisten. Es waren die letzten Momente der Freiheit vor der Großen Säuberung.

Sie versuchten, meinen Vater zu erreichen, aber er war wie ein zerfressener, morscher Baum, der noch stand, bei der kleinsten Berührung aber fallen würde. Das Blut spritzte ihm nicht aus der Brust, sondern aus dem Mund, wenn er hustete. Es war die Tuberkulose, die seine Lunge löcherte und durchbohrte, und seine roten Taschentücher bedeckten den Boden unserer Wohnung wie unzählige zerrissene Rosen.

Früher oder später muss ich der Bengalin antworten. Ihr sagen, dass ich im Wald keinen Wolf, sondern ein rotes, zartes Füchslein gesehen habe, das geblendet vom Licht vor mir auf der Fahrbahn stehen blieb. Auch die Bengalin will, dass ich sie näher heranlocke.

Ich muss ihr die Wahrheit über meinen Vater sagen.

Der Bruch war endgültig. Zwischen ihn und sein Russland hatten sich Zeitschriften und Verlage wie *Stern, Junge Garde, Rote Hefte,* Gosidat, Académia und die literarischen Vereine und Föderationen geschoben, die um die Autoren warben, diese mal rebellischen, mal unentschlossenen *Ingenieure der Seele.*

Dann folgte eine Zeit des Zögerns und Schwankens zwischen Verzweiflung und neuen Möglichkeiten, eine Zeit der Brüche zwischen der alten und der neuen Welt, wo das Ungeheuer auftauchen musste, um sich selbst zu verschlingen. Zu Beginn der dreißiger Jahre fühlten sich viele Autoren endlich wertgeschätzt. Ihre Romane wurden nach einigen Streichungen und Verzögerungen gedruckt, die Honorare konnten bis zu vierhundert Rubel pro gedruckter Seite betragen, sie wurden ins Radio eingeladen, um ihre Gedichte vorzutragen, und auf Konferenzen mit dem Genossen Stalin, sie besuchten Kinderkrankenhäuser, Betriebskollektive in Moskau, Leningrad, Nischni Nowgorod, trafen sich mit Kolchosbauern in Charkow, Kiew und im Kuban-Gebiet. Wenn sie in die Stadt zurückkehrten, ließ die Erinnerung an eine unendliche Weite unter einem unendlichen Himmel und an den Geruch von Weizen sie den Terror des Politapparats vergessen, den sie nun als einen riesigen Destillierkolben sahen, der die Menschen in reine, wertvolle Wesen verwandeln würde.

Sie hatten meinen Vater vergessen.

Die Autoren wohlgemerkt, nicht die Behörden. Unter dem bleiernen Schweigen seiner früheren Genossen hatte er sich wie ein Dieb aus Leningrad gestohlen. Nach Moskau zu ziehen, um für Gosidat zu arbeiten, hatte ihn so aufgewühlt, dass er mit niemandem darüber sprechen wollte. Seine Stelle beim Staatsverlag war das Faustpfand seiner Reue. Er konnte sich keinen Fehltritt erlauben, keine Vertraulichkeiten. Seine Verzweiflung erstickte er in einem kultivierten Schweigen.

Nach einem Jahr wurde mein Vater wieder krank. Man schickte ihn ins Sanatorium von Jalta und glaubte fest an die Wirkung salziger Meerluft. Aber aus Platzmangel beherbergte das Krankenhaus Patienten mit Knochentuberkulose und solche mit Lungentuberkulose im selben Gebäude, was zu Verschlechterungen auf beiden Seiten beitrug. Schließlich gelang es meiner Mutter, ihn in die Nähe von Moskau zurückzuholen, ins gerade erbaute Sanatorium in Archangelskoje.

Wir blieben alleine zu Hause, drei Schwestern, die wegen ihres unwürdigen Vaters, eines ehemaligen Privatunternehmers, nicht zur Universität gehen durften. Und selbst wenn er, ein einfacher Angestellter ohne Besitztümer, ein *intellektueller Sowchosebauer* beim Staatsverlag, seine Strafe verbüßt hatte, verfolgte uns die Ehrlosigkeit einer kranken Familie auf Schritt und Tritt.

Aber wir waren jung. Das Leben mit seinem neuen Rhythmus zog uns mit sich. Die Stadt verwandelte sich, die früher glanzlosen Fassaden leuchteten in fröhlichen Farben, ganze Straßenzüge wurden abgerissen, Elendsviertel zerfielen zu Staub und machten neuen Alleen Platz, Holzzäune umgrenzten die Baustellen, Neugierige konnten dahinter Fragmente einer strahlenden Zukunft erblicken.

An einem Nachmittag im Sommer brachte Anja einen jungen Mann mit nach Hause. Grischka war Lehrling in einem Werk in Kaluga in der Nähe von Moskau, das Turbinen für U-Boote herstellte. Sie blieben drei Tage und schlugen uns ihr Glück um die Ohren wie rote Fahnen in einem Demonstrationszug. Anja packte ein Kopfkissen und eine Bettdecke ein und nahm ihn in seinem Zehn-Quadratmeter-Zimmer zum Mann. Eine Weile glaubten wir, dass sie so wenigstens in der Nähe unseres Vaters sei, aber das stimmte nicht. Anja hatte sich in den Bauch eines U-Boots begeben und es gab keinen Kompass, um sie wieder an die Oberfläche zurückzubringen. Sie ließ Irina und mich allein zurück, die jüngeren Schwestern, ohne Bildung, ohne Geld, ohne Brot und ohne Lampenöl, fremd unter unserem eigenen Dach.

Als Tochter eines unerschrockenen Journalisten, aus dem ein visionärer Verleger geworden war, verstaute ich die Bücher in Kartons und nahm eine Stelle im Baugewerbe an, ironischerweise als Buchhalterin. Kein Krokodil, kein Riesenkakerlak unterbrach meinen Arbeitseifer mit seiner absurden Litanei. Und ehrlich gesagt empfand ich lange Zeit keinerlei Gewissensbisse. Jeder Stein, mit dem unsere Arbeiter neue Wohnhäuser bauten, brachte uns so viel Lob der Partei ein wie ein veröffentlichtes Buch. Die Führer unseres Landes verstanden es als ihre Pflicht, uns zu unserem Glück zu zwingen. Von einem kollektiven Elan mitgerissen, stellte ich mir keine großen Fragen, bis ein Bauarbeiter auf mich aufmerksam wurde und sich entschloss, mich aus meiner Einsamkeit zu holen.

Ihm fehlten die Worte, aber ein einziger Satz genügte, um mich zu überzeugen, als er richtig bemerkte: »Deine Augen sind grau!« Mehr konnte er dazu nicht sagen, aber mir schien, als sähe er in meinen Augen die Wolken, die über die Newa ziehen und über Leningrad zerfließen, wo die blauen, grünen, rosafarbenen, gelben und smaragdfarbenen Fassaden den Regen erwarten wie ein prächtiger Garten.

Andrei zog zu uns.

Irina arbeitete als Assistentin in einer Rüstungsfabrik und zog ebenfalls mit einem Arbeiter aus ihrem Betriebskollektiv zusammen. Unser lustvolles Stöhnen drang durch die dünnen Wände. Für eine Weile vergaß ich, dass mein Vater an Tuberkulose litt, dass sein Leben zu Ende ging.

Dezember 1933. In Vorfreude auf das Neujahrsfest hatten die Kinder kleine Figuren von Väterchen Frost auf die Fensterbänke gestellt. Die Stremjannaja versank im Schnee, der alle Geräusche schluckte. In dieser weißen, wattigen Stille schrillte das Telefon und ließ meine Wangen beben. Es war meine Mutter. Bevor sie etwas sagte, wusste ich, dass mein Vater tot war.

Ich wurde zur Waise meines Vaters, aber auch der

literarischen Welt, aus der ich mich für den Rest meines Lebens verbannt fühlte. Ich verzieh ihm nicht, dass er uns im Stich gelassen hatte, krank geworden war, dass er sein ganzes Leben verrückt gewesen und Hirngespinsten hinterhergejagt war, dass er gleichzeitig so mächtig und so verletzlich gewesen war.

Es scheint, dass mein Vater bis zum Schluss weitermachte, dass er trotz der Schmerzen weiter schrieb. Zwei kleine Bücher! Meine Mutter weinte vor Stolz. *Hinter den Kulissen der alten Welt* und *Spaziergang durch die Alleen der Vergangenheit.*

Aber ich wollte nichts davon wissen. Der sowjetische Staat hatte gewonnen, ich war eine Deklassierte und es tat mir nicht einmal leid.

Lange nach dem Tod von Lew Moisejewitsch Kljatschko übergab der Verlag Progress die Fackel an einen Verlag mit dem Namen Raduga. Niemand sprach von meinem Vater und seiner ursprünglichen Initiative. Kein Dokument, keine Information zu Kljatschko wurde veröffentlicht. Sie taten, als wäre nichts gewesen. Auf einem Haufen Erde, unter dem Jahre der leidenschaftlichen Arbeit eines Mannes begraben lagen, errichteten sie ein neues Denkmal. Autoren wie Arkadi Gaidar, Nikolai Ostrowski, Wortführer von revolutionärem Gemeinschaftsgefühl und Romantik, wurden wiederaufgelegt und fanden weltweite Verbreitung. Es gab keinen Platz für absurde Reime über Tiere und Ungeziefer ohne jede Lehre, ohne Moral.

Das Schweigen war ansteckend. Die Grausamkeit war ansteckend. Auch ich habe das Tagebuch meines Vaters vergraben. Das war meine Art, diesen Abend zu bewahren, an dem die Teetassen dunkle Kreise auf dem weißen Tischtuch hinterlassen und drei noch junge Männer in der Küche leidenschaftlich über Zukunft und Lyrik diskutiert hatten.

Die Brücken standen in Flammen. Jahre verschwanden in der Versenkung.

Inmitten meiner großen Familie fühlte ich mich mein ganzes Leben wie eine Waise. Verlassen. Der Stadtrechte, der Lutetia der Literatur beraubt. Auf der Arbeit, in den Armen von Andrei Andrejewitsch, dann allein zu Hause mit meinen beiden Töchtern, als ich sie beim Aufwachsen beobachtete, als sie selbst heirateten und Mütter wurden, immer und überall machte mich etwas Mächtigeres als das Leben, etwas Frenetischeres als das Blut untröstlich traurig.

Wir sind nicht nur die Waisen unserer verstorbenen Eltern, sondern auch von einer Stadt, einem Land, einem Traum, der uns früher blendete. Seither irren wir verstört umher und zerschellen am Albtraum des Erwachens.

Mehrere Jahrzehnte später, als ich zu Geburtstagen oder nationalen Feiertagen kleine Gedichte verfasste, und als meine Töchter und Enkelkinder mir applaudierten, mich mit Küssen überhäuften, lächelte ich, als wollte ich meinen Triumph über die langen Jahre der Verbannung besiegeln. Aber mein Herz zog sich vor Scham zusammen, denn die herzlichen Umarmungen waren für mich der Beweis meiner Mittelmäßigkeit, und für den Bruchteil einer Sekunde dachte ich daran, meine Familie und mein Leben zu verlassen, um alles hinzuschmeißen und das schmerzliche Schicksal literarischer Genies zu teilen.

Der Brief

Tania lernte Sascha am Gorky Sadan kennen, dem alteingesessenen und angesehenen Institut für russische Sprache und Kultur in Kalkutta. Er hatte seinen Vornamen abgelegt, der die aristokratischen Ambitionen seiner Eltern verriet, beide Professoren für Geschichte, und sich dieses dandyhafte Pseudonym zugelegt, das perfekt zu ihm passte. Mit seinem dichten, gelockten Haar, das sein Prinzengesicht in kleinen Wellen umspielte, seinen eng sitzenden Jeans und seinem oben aufgeknöpften weißen Hemd, das den Blick freigab auf seine helle, behaarte Brust, war seine Ähnlichkeit zu George Michael zur Zeit von *Wham!* nicht nur äußerlich.

Aber er liebte das Spiel mit der Uneindeutigkeit so sehr, dass die Mädchen ihn umkreisten wie Fliegen ein Glas Marmelade.

Es ging Tania weniger um ihre Zukunft als um eine Flucht aus der Gegenwart, als sie sich bei ihrer langen Wanderung vor dem Institut wiedergefunden und sich noch am selben Abend für den Russischkurs angemeldet hatte. Mit zweiundzwanzig Jahren, und nachdem sie ihren Eltern versprochen hatte, ihr Diplom in Wirtschaftswissenschaften abzulegen, durfte sie endlich den Weg der Sprache und der Literatur wählen. Ihre Eltern dachten, es handele sich um ein Freizeitvergnügen, und stimmten zu.

Schnell wurde ihr Fleiß zu einer fieberhaften Hingabe. Sie unterstrich jedes Wort in den Büchern aus der Bibliothek, übertrug sie Buchstabe für Buchstabe in ihr Schreibheft und versuchte, sie zu entziffern, wie ein Archäologe bei Ausgrabungen in einer Pyramide. Manchmal half ihr die Ähnlichkeit des Klangs einer Silbe zum Englischen, den Sinn zu erraten. Das Wort schien weniger undurchdringlich und warf durch seinen fast transparenten Filter sein Licht auf den Rest des Satzes.

Sascha, der jünger als sie war, hatte sie bemerkt, weil sie immer über ihren Büchern und Heften saß, angespannt wie ein Soldat auf einsamer Mission, während die anderen Schülerinnen und Schüler mit derselben fröhlichen Unbekümmertheit ans Gorky Sadan gingen wie ins Schwimmbad oder in die Piano-Bar an der Park Street. Tania war nicht sehr beliebt bei den Lehrern, weil sie ihren Eifer nicht verstanden und sie mit leichtem Misstrauen und Spott beobachteten, ein Ufo in diesem ehrwürdigen Haus der Stadt.

Eines Tages, als Tania im Café des Gorky Sadan über ihren Büchern saß, sprach Sascha sie an. Eine junge Frau, appetitlich wie ein Pfirsich in einem engen rosafarbenen Minirock, lehnte an einer der Säulen im Gang zur Toilette und forderte Sascha, angeblich die Lampe in den Toiletten meinend, auf, sie *anzumachen*. Um ihr aus dem Weg zu gehen, sprach Sascha Tania an und täuschte ein Arbeitstreffen vor.

Er entpuppte sich als geistreich und schlagfertig. Am Institut galt er als Anfänger, der seine Lehrer vor allem mit seiner ewigen guten Laune und den zahlreichen Anekdoten aus der russischsprachigen literarischen Welt verführte, die er bei seinen Eltern nach gesellschaftlichen Anlässen sammelte.

Seit ihrer ersten Begegnung im Café waren Sascha und Tania unzertrennlich. Sie hatten sich tausend Dinge zu erzählen, wie Zwillinge, die sich in kitschigen Filmen nach vielen Jahren das erste Mal wiedersehen. Sie war sein Schutzschild gegen die aufgeregten jungen Frauen, er war ihr Aufzug in die hohen Sphären der Intelligenzija. Tania dachte an ihren Vater, das unbedeutende Gerüst am Boden, auf dem der bengalische Turm zu Babel stand. Als Intellektueller ohne Vermögen war man wie ein Statist außerhalb des Bildes, ohne Leinwand im Rücken, in der Luft hängend. Ihr Mitleid machte ihr den Hals eng, und unbehelligter als je zuvor holte sie tief Luft und tauchte mit Sascha ein in dieses Leben, weit weg von ihrem schäbigen Alltag.

Saschas Eltern hielten ihn für ein Wunderkind, stolz präsentierten sie ihn ihren Nachbarn im Salt-Lake-Viertel, wo sie unter ihresgleichen lebten und die Macht des neuen Geldes nutzten, um sich dem archaischen Dekor der Stadt zu entziehen. Sie gehörten zur linken Intelligenzija, schrieben Chroniken für Zeitungen, gingen aber nie auf Demos. Sie hielten sich für so wertvoll, dass sie sich vor den Massen schützen mussten, um sich besser um sie zu kümmern.

An dem Nachmittag, an dem Tania sie das erste Mal besuchte, schenkte die Mutter sich und dem Vater einen Johnnie Walker ein und bot Tania dann ebenfalls ein Glas an. Tania entdeckte eine neue Welt, die wenig gemein hatte mit ihrem Viertel, wo die Terrassen an den verblichenen alten Häusern, die öffentlichen Passagen und die dunklen Treppen winzige Leben beheimateten, wo es unter der Oberfläche gärte, wo verkalkte Großväter und zurückgebliebene Enkelsöhne ihre heimlichen Gelage mit dem traurigen, bitteren *Bangla*, dem schwarzgebrannten Alkohol, voreinander verschwiegen.

Dreamlover von Mariah Carey dröhnte aus dem Kassettenrekorder. Sascha bewegte sich geschmeidig in der Mitte seines Zimmers im goldenen Schein der Sonne, das Hemd bis über den Bauchnabel hochgezogen. Als er Tanias Blicken begegnete, hielt er beim Tanzen inne, streckte ihr die Hand entgegen und fragte: »Willst du mich berühren?« Beschämt machte Tania zwei Schritte nach hinten und schüttelte energisch den Kopf.

Sascha brachte alle aus der Ruhe, nicht nur die Jungen, die heimlich mit anderen Jungen zusammen waren und ihn begehrten. Manche Jungen wollten ihn ihren Freundinnen vorstellen oder sogar ihren Eltern. Alles war noch ganz am Anfang. Niemand hatte es eilig, die Dinge zu benennen oder sich auf eine Seite zu schlagen. Freundschaft und Liebe gingen ineinander über, die Mädchen verbrachten die Nacht beieinander, ohne die Empörung der Nachbarschaft auf sich zu ziehen, die Jungen trafen sich in ihren Schlafsälen an der Universität. Weit weg von ihrem aktivistischen Zirkel entdeckte Tania das fröhliche freie Leben.

Sascha wusste, wie er die Menschen für sich gewinnen konnte. Den Mädchen gab er detailliert Auskunft über seine Meinung zu ihrem Kleidungsstil; den Müttern bot er Hilfe in der Küche an, mit den Vätern vertiefte er sich in ein ernstes Gespräch über die politische Lage im Land. Solange die Codes vorhersehbar blieben, war er brillant. Allerdings verbarg sich hinter seiner Lebendigkeit die schreckliche Angst, alle verführen zu müssen. Er vergötterte sich selbst, betrachtete sich in den Fenstern der Häuser und Geschäfte und konnte sich nicht vorstellen, dass jemand sich nicht für ihn interessierte.

Tania wies ihn nicht ab, aber sie war einfach so hypnotisiert von seiner Schönheit, dass sie erstarrte. Dann ertappte sie ihn eines Tages im Café des Gorky Sadan bei einem Tête-à-tête mit einer anderen Schülerin. Er traf sich mit ihr am Institut und in der Umgebung. So ging es ein paar Wochen. Dann sah sie ihn wieder mit einer anderen. Er warf eine Münze, welchen Jungen, welches Mädchen er traf, wie es ihm gerade gefiel. Wie ein streunender Kater war er eine Weile unauffindbar, kam wieder und nahm die Gespräche mit Tania wieder auf, wo sie aufgehört hatten.

Er war es, der Tania überzeugte, ihren Brief an Raduga abzuschicken.

Seit sie Russisch lernte, musste sie ununterbrochen an Nani Bhowmik denken. Nachdem er in den sechziger Jahren nach Moskau gezogen war, hatte er sein Leben lang klassische und sowjetische Werke für Raduga und Progress ins Bengali übersetzt. Bei der riesigen Buchmesse in Kalkutta standen die Leser Schlange vor den Ständen von Manisha, Wostok und der National Book Agency. Sein einsamer Tod kurz nach dem Mauerfall in seiner Wohnung in Moskau hatte die kleine linke Literaturszene in Aufruhr versetzt. Nur wenige wussten, dass er zwei Romane veröffentlicht hatte, die mit dem Großen Preis der indischen Akademie ausgezeichnet worden waren. *Dhulomati* und *Dhankana* waren Experimente, die die bengalische Sprache sprengten. Wie ein erfahrener Seemann, der auf seinen Fahrten zwischen den Sprachen gereift war, war er bis zur Quelle vorgedrungen, zum Sanskrit, hatte die Edelsteine mitgebracht, hatte Worte aus vergessenen, verschmähten bengalischen Dialekten gesammelt, hatte an ihnen gefeilt, sie behauen, sich ihrer angenommen, um sie dann in einem beeindruckenden Regenguss auf das Land niedergehen zu lassen.

»Ohne ihn gäbe es mich nicht, ich wäre nicht ich.« – Tania kam nicht über seinen Tod hinweg, vor allem über das Schweigen, das seinen Tod umgab. »Ein Mann, der sein Leben den Wörtern gewidmet hat, verdient es nicht, stillschweigend zu gehen. Eine furchtbare Ungerechtigkeit. Jemand muss doch an ihn denken, über sein Werk wachen, jeden Morgen die Schreibmaschine in seiner Wohnung in Moskau entstauben.«

Ihre ganze Kindheit und Jugend hatte Tania an Progress und Raduga schreiben wollen, ohne es jemals zu tun. Endlich hatte sie ein Alibi, um ihren Brief nach Russland zu schicken.

»Tagore hat seine *Briefe aus Russland* geschrieben, voller Faszination für das Land im Umbruch. Und du wirst deinen Brief an Russland schreiben«, sagte Sascha, um sie aufzuziehen. Dann, ernster: »Schreib ihnen. Jemand muss da sein.«

Hinter dem Schwimmbecken am College Square, das die Veteranen des Viertels Gol Dighi nennen, war Tania eine Buchhandlung aufgefallen. Anstatt wie bei ihrem Vater und den anderen Antiquaren in Stapeln auf dem Gehsteig zu liegen, standen die Bücher hier in Regalen in einem geräumigen Ladenraum. Der Eingang war eine Doppeltür aus Glas, vor das ein Eisengitter gezogen wurde, darüber thronte ein rechteckiges Schild, worauf in dunkelblauen Buchstaben auf gelbem Grund der Name stand, Manisha.

An einem Nachmittag im Mai, als es aussah, als würde sich bald ein Gewitter über der Stadt entladen und über die wie Streichholzschachteln bis zum Horizont aufgestapelten Häuser hinwegfegen, lief Tania ziellos durch die Straßen und betrat die Buchhandlung.

Ein Mann um die sechzig stand hinter der Kasse. Wegen des drohenden Unwetters waren nur wenige Kunden im Laden. Im traditionellen Gewand aus Tunika und Dhuti, beide aus matter, weißer Baumwolle, das Gesicht feingeschnitten und zurückhaltend, wie es sein Beruf verlangte, beobachtete Bhuban Sen Tania über seine dicken, schwarz eingefassten Brillengläser hinweg. Sie wollte wissen, wie man Raduga einen Brief schreiben könne. Bhuban Sen seufzte tief, ohne den Blick von ihr zu wenden.

Er war noch keine zwanzig Jahre alt gewesen, als er bei der National Book Agency angefangen hatte, die ins Bengali übersetzte Bücher aus der Sowjetunion verkaufte. In den sechziger Jahren dann, als die indische Kommunistische Partei sich spaltete, wurde Manisha gegründet, um sicherzustellen, dass in diesem Teil des Landes der Strom an russischer Literatur nicht versiegte, und er hatte hinter dem Ladentisch gestanden. Bhuban Sen war stolz darauf, dass der Dichter Bishnu Dey den Namen der Buchhandlung und Satyajit Ray das Logo beigesteuert hatte.

Der letzte Kunde verließ mit leeren Händen das Geschäft. Bhuban Sen bot Tania an, auf einem Stuhl neben ihm Platz zu nehmen. Zurückgelehnt in seinem Holzsessel, erzählte er ihr die Geschichte der russischen Jugendbücher, die in mindestens fünfzig Sprachen übersetzt und von Kindern in Bengalen und überall auf der Welt geliebt worden waren. Seine Lunge war voll vom Staub, den die Kunden aufwirbelten, wenn sie in den Büchern blätterten, selbst wenn sie immer weniger wurden.

Seit seiner Gründung im Jahr 1921 hatte Raduga eine Vorreiterrolle in der Geschichte der Kinderliteratur gespielt, bevor der Verlag neun Jahre später die Geschäfte aufgab. Tania wollte ihnen einen Brief schreiben, aber an wen und an welche Adresse? Im Jahr 2000 stand in keinem Buch der Name des Gründers, Lew Moisejewitsch Kljatschko. Als handelte es sich um ein Haus ohne Hausherren, ein Geisterhaus. Bhuban Sen, der alte Marxist aus Kalkutta, der es sich zur Aufgabe gemacht hatte, russische Bücher zu verkaufen, erinnerte sich daran, in einer alten Nummer von *Gana-*

shakti, der Zeitschrift der Partei, gelesen zu haben, wie Kljatschko seinen Verlag ohne eine Kopeke in der Tasche gegründet hatte und wie es ihm gelungen war, berühmte Dichter und Illustratoren zu publizieren.

Er zögerte einen Augenblick, dann erzählte er ihr, wie Kljatschko den Ärger der sowjetischen Autoritäten auf sich gezogen hatte, die in seinen Büchern den Einfluss einer englischen bürgerlichen Kultur, den britischen Nonsens, ausmachten. Sich den Bolschewisten entgegenzustellen war wohl nicht leicht gewesen. Er blickte zu Boden, als würde er sich selbst schuldig fühlen.

Tania hörte ihm reglos zu, aus Angst, etwas zu verpassen.

Als Bhuban Sen ihr sagte, dass Lew Moisejewitsch Kljatschko an Tuberkulose gestorben war, war es für Tania wie ein Schlag in den Magen. Entsetzt hob sie den Blick zu den Bücherregalen. Filmszenen aus *Der verborgene Stern* liefen vor ihrem inneren Auge ab. Die Heldin, die älteste Tochter einer von Bangladesch nach Kalkutta geflüchteten Familie, litt an Tuberkulose. Mit ihrem dunklen, schweißgebadeten Gesicht, ihren endlosen Hustenattacken, ihrer mageren, schwachen Gestalt hatte sie nichts von einer Filmheldin. Writik Ghataks Film tat Tania jedes Mal, wenn sie ihn schaute, im Herzen weh, und sie musste gegen die Tränen kämpfen. Sie hatte gedacht, dass nur arme, im Elend lebende Menschen an Tuberkulose starben. Aus Scham versteckten die Familien die Kranken, ließen sie nicht behandeln, überließen sie dem Tod. Das war kein Schicksal für einen Literaten. Einen Literaten in der UdSSR! Dem Land, aus dem die Bücher in einer Explosion aus Farben und Formen, einer Flut an Hoffnungs- und Liebesbotschaften zu ihr kamen.

Bhuban Sen wurde von einem Hustenkrampf geschüttelt. Um ihr Gespräch fortzusetzen, schlug er sich auf die knochige Brust und sprach beschwerlich weiter: »Kljatschko hat ein Tagebuch hinterlassen, das immer noch unauffindbar ist!«

Aber Tanias Gedanken waren schon abgeschweift. Sie betrachtete die Regale mit Büchern und Zeitschriften. Alles schien ihr sinnlos. Bhuban Sen stand auf, um im Laden Licht zu machen. Der Staub auf den Glühbirnen zeichnete einen Lichtkreis an die Decke.

Wie kam es, dass die Bücher immer noch im Umlauf waren, obwohl Raduga schon vor siebzig Jahren hatte schließen müssen? Waren seine Nachfahren noch am Leben? In Gedanken noch ganz bei Kljatschkos Tod, vergaß Tania nachzufragen.

Sie verabschiedete sich, stammelte ein paar Worte des Danks.

Das Gewitter entlud sich, als sie aus dem Laden trat. Sie nahm den Umweg vorbei am Schwimmbecken hinter dem College Square, wo noch ein paar Männer ihre Bahnen zogen. Der Regen hatte die sich kräuselnde Linie zwischen Wasser und Himmel ausgelöscht. Tania wurde nass bis auf die Knochen, aber es war ihr egal. Sie hatte nie um ihren Vater oder ihre Mutter weinen müssen, sie erinnerte sich nicht an ihre Großmutter. Seit dem schicksalhaften Tag ihrer Jugend, an dem die Wut ihrer Mutter größer als je zuvor gewesen war, hatte sie sich geschworen, nie wieder eine Träne zu vergießen, weder für eigenes Unglück, noch für das von anderen. Die Lebenden verdienten ihr Mitleid nicht mehr. Nur auf den Seiten der Bücher fand sich der Abdruck ihrer Tränen. Aber als sie an einen alten Russen dachte, der vor Jahren an Tuberkulose gestorben war, schluchzte sie. Sie wusste nicht, ob sie um Kljatschko oder um Nani Bhowmik weinte, den großen Schleuser russischer Literatur in die bengalische Sprache, oder um die junge Bangladeschi, die nach Kalkutta geflohen war und am Ende des Films sterben musste. Regen und Tränen liefen über ihr Gesicht und ließen alles verschwimmen. Sie wusste nicht mehr, wohin sie die Füße setzte. Rote Wolken legten sich über Lungen und wurden immer größer, das Blut tropfte und tränkte die Seiten der Bücher, drang vor bis in die gewundenen Pfade der Zeichnungen und verwandelte alles in einen schlammigen Tümpel.

Überwältigt von dem Gefühl der Machtlosigkeit, die Realität nicht ändern zu können, mied Tania die Bibliothek des Gorky Sadan für eine Weile. Sie zwang sich, die Kurse weiter zu besuchen, um nicht durch die Prüfungen zu fallen. Ihr Schmerz schien unüberwindbar, als ob sie von einer gläsernen Wand umgeben war, die sie nicht einreißen konnte.

Dann erwies sich ihre Neugier als widerstandsfähiger als ihr Schmerz. Ihre Suche wurde schnell zu einer Obsession. In Kljatschkos Tod sah sie eine Ungerechtigkeit, einen Hilferuf. Wie der erste Knochen, der bei einer Ausgrabung gefunden wird, nahm sie seinen Namen, um weiter in den Überresten der Vergangenheit zu buddeln. Sie war überzeugt, dass sie, wenn sie das Leben Kljatschkos erforschte, auch Nani Bhowmik auf die Spur kommen würde.

In der Bibliothek lieh sie sich stapelweise sowjetische Magazine und Zeitschriften. Da sie den Namen, der ihr nicht aus dem Kopf ging, nicht ausfindig machen konnte, konzentrierte sie ihre Suche auf Raduga. Doch sie fand keinen Hinweis. Auf einer Russlandkarte wanderte sie Straßen, Alleen und Flüsse entlang, machte Denkmäler ausfindig. Das Land lag vor ihr. Müde fiel ihr Blick auf die Bücher, die in einer Explosion aus Farben und Formen aus einer sprudelnden Quelle getreten waren.

Dann öffnete sie die Suchmaske auf dem alten Computer. Auf dem Bildschirm erschienen nur wenige Zeilen, eine Liste an Buchtiteln, Autoren, Zeichnern, Verlagen, kein Wort über Kljatschko. Sein Name schien aus dem Internet verbannt. Tania konnte sich kein Bild machen von seinem Gesicht, seinem Aussehen, sie konnte sich nicht einmal seine Augen vorstellen, in denen sich die Welt spiegelte, ihr Hals wurde eng. Die Augen ihres Gegenübers nicht zu sehen war wie blind zu sein. Die Bilder, die Raduga zugeordnet waren, zeigten nur den Subowski Bulvar, wo sich der Verlagssitz befunden haben musste, nunmehr ein weitläufiges, imposantes Gebäude aus unverputztem Beton mit einer Reihe an Schaufenstern, die wie Schutzschilde aufgereiht waren, dann ein Maklerbüro, eine Straße in der Moskauer Vorstadt, ein Haus, in dessen Hof zwei schwarze und braune Kätzchen spielten, dann eine Hütte auf drei Stelzen, umgeben von einer verschneiten Landschaft.

Kurz erwog Tania, ihre ehemaligen Genossen aus der Partei zu befragen, verwarf die Idee aber gleich wieder. Die Aktivisten lasen die Werke von Raduga, ohne je Notiz vom Verleger zu nehmen. Für sie war fiktionale Literatur eine der reinen Lehre untergeordnete Form, sie akzeptierten sie nur, um neue Mitstreiter zu gewinnen, die sich im Umfeld der Partei bewegten. Und es zählte das Werk, nicht die Person dahinter. Für das tragische Schicksal eines Verlegers in der UdSSR, von dessen Existenz sie nichts ahnten, hatten sie ganz sicher nichts übrig.

Dann kam ihr die Idee, die Archive von *Ganashakti*, der Zeitschrift der Partei, zu durchforsten. Nach langen Stunden der Recherche stieß sie auf einen Ausschnitt der Rede von Nadeschda Krupskaja, die dem Rufmord an Kornei Tschukowski, Witali Bianki, Samuil Marschak und anderen Jugendbuchautoren vorausgegangen war. Der Artikel teilte Krupskajas Position und verurteilte den schädlichen Einfluss bürgerlicher Literatur auf den revolutionären Geist. Aber von Kljatschko keine Spur. Der Mann hatte sich in Luft aufgelöst.

Plötzlich erinnerte sie sich, dass Kljatschko Jude gewesen war. Tania wandte sich an Nahoum, die jüdische Konditorei hinter dem weißen Palais des Grand Hotel, deren Leckereien an Weihnachten auf der Park Street unverzichtbar waren. Sie war all die Jahre am Schaufenster vorbeigelaufen, ohne auf die religiöse Zugehörigkeit zu achten.

Der Inhaber von Nahoum riet ihr, sich an die Beht-El-Synagoge zu wenden, und gab ihr einen Passierschein. Einen Tag lang strich sie um das verblichene gelbe Gebäude, betrachtete seine orientalische Fassade mit der in der Mitte platzierten großen Uhr. Bis auf die eingravierten Davidsterne fiel sie im Viertel nicht auf, wo Rikschafahrer mit nacktem Oberkörper ihre Gefährte am öffentlichen Wasserhahn wuschen und ihre

Hemden an den Zaun hängten, der das Gotteshaus umgab.

Tania betrat die Synagoge nicht. Ihre Intuition sagte ihr, dass es keine Liste aller Juden auf der Welt gab, und dass es eher traurig und beunruhigend wäre, wenn es sie gäbe.

Sie kehrte in die Bibliothek des Gorky Sadan zurück. Dieses Mal wollte sie ihre Recherche auf Russisch fortsetzen. Mit einem Übersetzungsprogramm hockte sie vor ihrem Computer wie ein Fakir vor seinen Tauen und hoffte gegen jede Logik, dass eins sich bewegen, aufrichten und nach oben schlängeln würde. Minuten und Stunden vergingen. Der Mann, den sie suchte, wurde mit keiner Zeile erwähnt. Als sie schon aufgeben wollte, stieß sie auf eine Seite mit einer kurzen Biografie von Kljatschko.

Tania schrie auf. Mit einem flüchtigen Blick auf die in eigene Dinge vertieften Studierenden um sie herum riss sie sich wieder zusammen.

Trotz ihrer Aufregung nahm sie eine erste Information auf: das Geburtsjahr von Kljatschko, 1873. Erstaunt schaute sie auf den Monat: *Июня*. Im Juni 1873, das heißt genau hundert Jahre vor ihrer Geburt war Lew Moisejewitsch Kljatschko zur Welt gekommen. Tania sprang auf, ging ein paar Schritte und fasste sich an den Kopf. Nach der ersten Verblüffung klopfte ihr das Herz bis zum Hals. Sie konnte sich kaum beherrschen. Wenn sie abergläubischer gewesen wäre, hätte sie sich das Ganze vielleicht mit dem Stand der Sterne erklärt. Aber ihr rationaler Geist fand keine Erklärung für diesen Zufall, der ihr bedeutsam erschien und sie nicht losließ. Nichts passierte aus Zufall. Die

Menschheit war aus Sternenstaub gemacht, beim Tod eines Mannes in Russland hatten sich seine Elementarteilchen verstreut, waren vom Raum aufgenommen worden und durch den Filter der Zeit gewandert, um sich neu zusammenzusetzen und bei ihr eine winzige Spur dieses Vorfahren zu hinterlassen.

Zwischen Bengalen und Russland gab es eine geheime, verschlungene Seidenstraße. Die Wege hatten sich getrennt und waren mit den Jahren ganz verschwunden. Die Menschen ebenso.

Um das neue Jahrtausend zu feiern, entschied das Gorky Sadan, eine Gedenkplatte zu Ehren von Herasim Lebedeff zu stiften, jenem Gelehrten aus dem achtzehnten Jahrhundert, der zehn Jahre lang in Kalkutta gelebt hatte. Die Stele aus meliertem Marmor wurde in der engen Gasse voller Läden und Wohnhäuser errichtet, zwischen Bambus und abgestellten Kisten. Vor den versammelten Studenten und Professoren hielt der Direktor eine mitreißende Rede, um daran zu erinnern, dass Lebedeff Bengali gelernt habe, eine Regionalsprache eines kolonisierten Landes, sich in die Sprache verliebt und das erste moderne Theater in dieser Sprache begründet habe. Lebedeff, der aus Sankt Petersburg stammte, reiste mit einer Gruppe Musiker durch Europa, verdiente sein Geld als Violinist und spielte später in einer englischen Militärkapelle. So gelangte er zunächst nach Madras, später ließ er sich in Kalkutta nieder. Dort lebte er bis zu seiner Ausweisung durch die britischen Autoritäten, die seine Verbindung zu den Einheimischen kritisch sahen. Mittellos musste er Kalkutta verlassen und anschließend in Südafrika arbeiten, um das Geld für seine Heimreise über London zu verdienen. Zurück in Sankt Petersburg, gründete er die erste Druckerei mit Typografien für Nagari und Bengali und verstarb eines Nachts zwischen seinen ölverschmierten Maschinen, die metallenen Schriftzeichen noch in der Hand.

Die Professoren am Gorky Sadan priesen seine Grammatik indischer Sprachen und das Bengali-Wörterbuch, das er herausgegeben hatte, ebenso wie die beiden Theaterstücke auf Bengali, die er auf die Bühne gebracht hatte. Aber vor allem versäumten sie es nicht, Schmähreden auf die Engländer zu halten, die, da sie zwei Theatersäle in Kalkutta betrieben und neidisch auf den Erfolg des Russen waren, sein Theater niedergebrannt hatten.

Tania dachte an ihr Tagebuch, an die Bücherverbrennung, an eine Jugendliche, deren Augen sie an zwei gestrandete Boote erinnerten, an die Straßenschlachten zwischen Hindus, Muslimen und Sikhs, und sagte sich, dass die Menschheit für immer im Zeitalter des Feuers verharren würde.

Am Ende der Feier sprach sie den Direktor an, um ihn nach Kljatschko zu fragen. Er zuckte etwas verwundert mit den Schultern. Er hatte nicht nur noch nie von ihm gehört, die bloße Erwähnung der sowjetischen Ära schien ihm unangenehm zu sein.

Die Sprache der Mutter enthält, wie ihre Milch, uralte Kräfte, sie umfängt den Körper, streichelt und wiegt ihn. Es ist ein lebenslanger Aufenthalt im Mutterleib. Tania wählte das Exil. Sie wusste, dass sie eines Tages nach Russland gehen würde. Aber zunächst hatte sie eine Hängebrücke über den Abgrund geworfen.

In Kljatschkos Namen hatte sie sich ihren Weg in das ferne Land gebahnt. Sie fühlte sich weniger einsam. Nun begleitete ein toter Mann sie auf Schritt und Tritt, alle ihre Kurse hatten ein klares Ziel, ein geliebtes Gesicht. Ihr Elan hatte etwas Fieberhaftes, und dem Direktor tat es ein wenig leid, sie zu enttäuschen.

Drei Tage später ließ er sie in sein Büro rufen, wo er ihr ohne weitere Erklärungen riet, sich an die University of Princeton zu wenden. Sie begann, ein Netz über Kontinente hinweg zu spannen. Jede Person, die sie kontaktierte, schien seit Jahren auf ihren Anruf zu warten und war froh, ihr ohne Umschweife den Schlüssel zu übergeben, der die nächste Tür öffnen würde. Sie verbrachte die Tage am Telefon und die Nächte am Computer, wo sie flammende Mails schrieb, sich schon beim Aufwachen die Zeitzonen der Adressaten ins Gedächtnis rufend, um einen neuen Anlauf zu wagen. Der Callshop in ihrem Viertel, der mit einem einzigen Computer in ein bescheidenes Internetcafé umgewandelt worden war, verdiente in wenigen Monaten so viel an ihr, dass Tania anschreiben lassen konnte.

Aus Princeton erfuhr sie nach einigen Tagen des Wartens, dass das Institut gerade mit der Familie Kljatschko über den Erwerb der Sammlung Raduga verhandelte. Sofort wandte sich Tania an das russische Konsulat. Zeit verging, ohne dass sie Nachricht erhielt. Dann kam eine kurz angebundene Antwort, dass alle mit den Parlamentswahlen beschäftigt seien und dass für sie, sofern sie keine akkreditierte Journalistin sei, kein Botschafter und kein Mitarbeiter zu sprechen sei.

Sie erinnerte sich nun daran, dass Kljatschko mehrere seiner Artikel über die Lage in der Ukraine vor und nach der bolschewistischen Revolution mit dem Pseudonym Lwow unterzeichnet hatte, vor allem in der Zeitung *Gedanken aus Kiew*. Wäre es möglich, dass sein Andenken, nachdem er in der UdSSR in Ungnade gefallen war, in dem Land weiterlebte, das sich so gegen russische Einflussnahme gewehrt hatte?

Im ukrainischen Konsulat stellte sie sich auf Nachfrage als freie Journalistin vor, die zu den Unabhängigkeitskämpfen arbeitete. Am anderen Ende der Leitung atmete man auf. Dann wurde sie zur Attachée für kulturelle Angelegenheiten durchgestellt. Im folgenden Gespräch, das kaum fünf Minuten dauerte, meinte Tania, leichte Missbilligung in der Stimme der Dame zu hören, als sie sie informierte, die Familie Kljatschko sei in die Vereinigten Staaten migriert. »Seine Tochter hat die Sammlung Raduga an eine amerikanische Universität verkauft.«

Kljatschkos Tochter? Die Tochter von Lew Moisejewitsch? Wie heißt sie? Wo lebt sie?

Das konnte die Kulturattachée nicht beantworten. Bevor sie auflegte, sagte sie noch, wie um ihr einen Gefallen zu tun: »Wenden Sie sich an den Weltkongress der Ukrainer.«

Zwischen unzähligen anderen Namen, Dienststellen, Stiftungen und Instituten auf verschiedenen Webseiten fand sie die 1967 gegründete Organisation, die es sich zur Aufgabe gemacht hatte, sich um die ukrainische Diaspora in der ganzen Welt zu kümmern. Sie schrieb den verschiedenen Vorständen mehrere Mails.

Die Bücher, Archive, Zeitschriften und Internetlinks hatten endlich ein menschliches, lebendiges Gesicht.

Kljatschko war keine abstrakte Idee mehr, kein Verstorbener von vielen, einsam und vergessen. Er hatte eine Tochter, er war noch mit dem Leben verbunden. Und nun konnte Tania sich an ihn wenden. Sich den Alltag einer alten russischen Dame vorzustellen war angenehm, aufregend.

Seit Tanias Einschreibung am Gorky Sadan beobachtete Mira sie neugierig. Ihre Tochter flößte ihr Respekt ein, vermischt mit Misstrauen. Sie hatte alle ihre Launen miterlebt und musste zugeben, dass diese neue Leidenschaft ihr eine besondere Würde verlieh und dass Tania, ohne je im Ausland gewesen zu sein, von einer exotischen Sprache durchdrungen war, die in ihrer Brust nachhallte, den Rhythmus ihrer Schritte bestimmte, ihre Bewegungen veränderte, eine neue Haut zum Vorschein brachte, wie ein alter, endlich entstaubter Spiegel.

Manchmal schnürte ihr die vor Jahren erstickte Zuneigung zu ihrer Tochter die Kehle zu, aber auch wenn Mira sich mit einem Buchhändler als Ehemann abgefunden hatte, verzieh sie ihrer Tochter nicht, in intellektuelle Kreise aufgestiegen zu sein, in die höhere Klasse, von der das Überleben der Familie abhing. Wenn ihr Wunsch, mit Tania zu sprechen, zu stark wurde, wandte Mira schnell den Kopf ab, traurig und wütend, weil sie wusste, dass sie kein Wort zu ihr sagen konnte, ohne sich lächerlich zu fühlen. Dann bereute sie es schmerzlich, kein weiteres Kind bekommen zu haben, einen Sohn, der seine Mutter vergöttert und sich den Blutsbanden, die schließlich kein Buch zerreden konnte, nicht entzogen hätte.

Wenn Tania nach stundenlangen Recherchen aus dem Gorky Sadan heimkehrte und erschöpft auf ihrem

Bett lag, kam Mira manchmal mit zwei Tassen Tee in ihr Zimmer und setzte sich schweigend zu ihr. Es war seltsam. Es hatte diesen endgültigen Bruch gebraucht, um den Ausgangspunkt für ein Gespräch zu finden. Die Wochen vergingen. Als Tania schon nicht mehr mit einer Nachricht rechnete, antwortete der Delegierte des Weltkongresses der Ukrainer und schickte ihr den Namen und die Adresse eines in Boston ansässigen russischen Verlags, der mit der Familie Kljatschko in Verbindung stand. Wenige Minuten später schickte Tania dem Verleger eine Mail.

In der Nacht bedauerte sie es so sehr, zu Hause keinen Computer zu haben, dass sie fast ihren Vater geweckt hätte, um ihn anzuflehen, einen zu kaufen. Sobald es hell wurde, behielt sie die Uhr im Blick.

Sie hatte ihren Abschluss knapp bestanden und seitdem keinen Fuß mehr in die Universität gesetzt. Die Distanz zwischen ihr und der Partei war längst Alltag geworden. Ihre Genossen Chefs erleichterten ihr Gewissen damit, dass sie ein Fall »ideologischer Kursabweichung« gewesen sei, bevor sie sie wie einen zerfetzten Drachen in den Wind schlugen. Die Gerüchte über ihre politischen Verfehlungen drangen zu ihr, als handelte es sich um eine peinliche Krankheit.

Aber es war ihr egal.

Während sie auf eine Antwort aus Boston wartete, lief Tania in ihrem Zimmer auf und ab und beschloss schließlich, um die Zeitverschiebung auszugleichen, die sie als eine persönliche Beleidigung empfand, sich den Tag mit Schlaf zu vertreiben.

Als es Abend wurde, setzte sie sich auf einen Hocker vor das Internetcafé. Der Ladenbesitzer brachte ihr einen Tee in einem Becher aus Ton und dachte wohl, Tania habe einen Verlobten im Ausland.

Der russische Verleger hatte nicht auf ihre Mail geantwortet. Um genau neunzehn Uhr hob sie den Hörer ab und stellte sich vor, wie am anderen Ende der Welt im Verlag Türen und Fenster in den vom Atlantikwind saubergefegten Morgen aufgestoßen wurden. Sie wartete, niemand hob ab. Tania hinterließ eine aufgewühlte Nachricht und stürmte mit dem Gefühl aus der Kabine, alles verdorben zu haben, warf ihren Becher unter die Kokospalme gegenüber, lauschte den sich um Abfälle balgenden Hunden, bevor sie kehrt machte und abermals die Nummer in Boston wählte. Auch diesmal hob niemand ab. Als sie an der Kasse zahlen wollte, rief der Inhaber: »Sie haben eine Mail bekommen!« Und wirklich, in einer kurzen Nachricht schrieb der russische Verleger aus Boston, dass er die Urenkelin von Lew Moisejewitsch Kljatschko kenne und dass diese sicherlich Tanias Brief an ihre Großmutter, Kljatschkos Tochter, weiterleiten könne, die, ja tatsächlich, noch am Leben sei.

Ich bin schon länger der Vater meines Sohns
als ich der Sohn meines Vaters war
[…]
Mein Vater ist erstarrt wie sein Foto
Ist es möglich, jemanden seinen Vater zu nennen,
der jünger ist als man selbst?
Dennoch sehe ich mich,
wie ich ihn zärtlich anschaue
sein Schweiß bedecktes Gesicht, seine vom Gehen
müden Füße

Ich habe Lust, ihm zu geben, was er nicht gehabt hat.
Bevor ich von meinem Sohn etwas nehme
Sehe ich, wie meine Hand zittert.

Das Gedicht von Sunil Ganguly ging ihr durch den Kopf, als sie allein in ihrem Zimmer saß und mit dem Brief beginnen wollte.

Tania versuchte, sich eine alte russische Jüdin von fast achtzig Jahren vorzustellen. Sie versuchte, sich vorzustellen, wie es war, Kriege, Deportationen, Exile im eigenen Land zu überleben, und vor allem, wie es war, die Tochter dieses Vaters zu sein. Sie stellte sie sich groß, stark, warm wie frisches Brot vor, wie eine bunte Patchwork-Decke.

In Wirklichkeit sah sie nichts. Ihre Metaphern versuchten vergeblich, die riesige Leere ihrer Unwissenheit zu überdecken. Ihr Professor am Gorky Sadan hatte eines Tages stolz verkündet, dass das Wort *Feuer* auf Russisch und auf Sanskrit dieselbe Wurzel hatte. Ogon, der slawische Gott, hatte sich in Agni verwandelt, um das *agun* der Bengalen zu entzünden.

Aber die Worte genügten nicht, die Worte verwiesen nicht auf dasselbe. Die Übersetzung war ein wissentlicher, einvernehmlicher Verrat, eine Geste kultureller Anteilnahme. Vereint in einem von Hungersnöten, Revolten, Unruhen, Aufständen, tödlichen Epidemien gebeutelten Schicksal, schmeckten die Tränen doch anders, schlug das Herz nicht am selben Fleck. Es verschob sich mit den Breiten- und Längengraden. Die Sprache war gemacht, um vielfältig, verschieden, vereinzelt zu sein. Zwischen ihrem Geburtsland und dem Land, das bisher als eine vollkommene Paradoxie erschien, befand sich ein Abgrund, ein Hologramm eines Traums.

Tania sagte sich, dass im Schreiben dieses Briefes, im Akt des Schreibens allgemein etwas Grausames lag, dass es sich um einen Verrat am Leben handelte, eine Verzerrung, ein Dementi des Lebens, und dass jedes Buch zwangsläufig eine verfremdete Version des Lebens war, eine Karikatur, eine Grimasse, ein Betrug. Ihr ganzes Leben lang hatte Tania mit dieser Lüge gelebt, um sich mit sich selbst zu versöhnen.

Besessen von dem Wunsch, in den verfallenen Erinnerungen einer Achtzigjährigen nach winzigen Überresten des Lebens ihres Vaters zu wühlen, stürzte sie sich noch tiefer in diese verlogene Version der Realität.

An ihrem Schreibtisch, den Füller auf einem Stapel leerer Seiten, suchte sie den Impuls, um sich durch den Spalt der Zeit dorthin zu schlängeln, wo sich der Mann hundert Jahre zuvor befunden hatte. Je mehr Zeit verging, desto mehr überlagerte das Begehren nach Bildern die Macht der Worte. Tania wollte seine Gesichtszüge kennen, seine Augenfarbe, die Umwege seiner Gedanken. Sie wollte wissen, wie er als junger Mann gewesen war, wie er mit seinen Schriftsteller-Freunden im Wohnzimmer gesessen hatte oder allein in seinem Zimmer, wie er ging, die Treppen und dann die Straße hinabeilte, den Zug nach Moskau nahm, mit den Mitfahrenden plauderte. Oder war er ein verschwiegener Mann, schrieb er Tagebuch, schaute er aus dem Fenster in die Landschaft, liebte er die Stadt oder war er lieber auf dem Land, berührte er die Bäume, wenn er durch einen Park schlenderte, mochte er das Morgengrauen oder die Abenddämmerung? Wie saß er an seinem Schreibtisch, tippte er auf der Schreibmaschine, wischte er sich die Tinte von den Händen, warf er ärgerlich das Handtuch, was war sein liebstes Wort, wie sprach er, lachte er oft, hatte er jemals geweint…?

Tania erfuhr niemals mehr über diese Dinge. Manchmal sah sie einen abgetragenen Mantel, einen köchelnden Samowar, fliegende Seiten zwischen den roten und grünen Wänden einer Leningrader Wohnung vor sich auf einer Schnur hängen wie gerade entwickelte Fotos, und der Wunsch überkam sie, sie anzufassen.

Mehrere Tage lang arbeitete Tania an ihrem Brief, prüfte jedes Wort, korrigierte und formulierte um. Ihr Ziel war es, die alte russische Frau davon zu überzeugen, ihr das Tagebuch ihres Vaters zu überlassen. Wie ein Einbrecher, der den perfekten Coup plant, um dem Bankdirektor den Schlüssel zum Safe zu entlocken, wählte sie Wort für Wort mit Bedacht. In ihrem Feuereifer war sie überzeugt, die würdigste Erbin von Lew Moisejewitsch Kljatschko zu sein, selbst wenn es dem Mann, Staub zu Staub, einen Meter unter der Erde, völlig gleichgültig war.

Der Zweifel nagte an ihr. Das abgrundtiefe Schweigen, das den Mann seit fast einem Jahrhundert umgab, schien ihr wie eine undurchschaubare Strategie seiner Tochter. Sonst hätte sie doch längst das Tagebuch ihres Vaters veröffentlicht. Die Familie Kljatschko erschien ihr, wie ihre eigene, wie jede Familie, als ein Zerrspiegel, der nach Lust und Laune das Bild des Mannes verformte, verbarg und verschwinden ließ. Und es war an der Zeit, den Spiegel zu zerschlagen.

Als der Frühling kam, verheirateten Umas Eltern ihre Tochter mit dem Sohn ihrer Freunde. Eine ganze Woche lang waren die Straßen des Viertels in Aufruhr. Am Abend der Zeremonie erkannte Tania ihre Freundin kaum, in ihrem Sari aus glänzender Seide, behängt mit Schmuck und Blüten, inmitten der Stapel von Geschenken. Tania schenkte ihr einen Gedichtband von Rilke und ging noch vor dem Festessen nach Hause.

Ihre Eltern waren noch auf der Feier und so streifte sie alleine durch die Zimmer. Es war seltsam, dass sie nie daran gedacht hatte, von zu Hause zu fliehen. Sie dachte an ihre bewegte Kindheit und fragte sich, was sie zurückgehalten hatte, in diesem Haus, was sie davon abgebracht hatte, das Weite zu suchen wie so viele andere Kinder im ganzen Land. Sicher der Überlebensinstinkt, der sie vor dem Rand des Abgrunds aufgehalten, sie gezwungen hatte, durchzuhalten und unter diesem Dach Schläge einzustecken, bis ihre Haut unempfindlich geworden war.

Aber nun war für sie vielleicht der Zeitpunkt gekommen zu gehen. Ein Feld an Möglichkeiten breitete sich vor ihr aus, und ihre Geburtsstadt wurde immer mehr zu einer unscharfen, verschwommenen Kulisse.

Die Idee reifte in ihr, seitdem sie Oleg kennengelernt hatte. Oleg Azarow arbeitete für die Botschaft und war aus Delhi gekommen, um das Russische Filmfestival in der Filmothek Nandan zu eröffnen. Die Regengüsse im Juli hatten ihm keine Angst gemacht. In seinem nassen, eng anliegenden Hemd hatte er eine leidenschaftliche Rede gehalten. Nach der Vorführung von *Andrei Rubljow* wollte er sich bei einem Empfang mit den Studenten des Gorky Sadan unterhalten. Aber die beiden hinreißenden jungen Frauen, die seine Aufmerksamkeit geweckt hatten, zeigten keinerlei Begeisterung für den russischen Mönch und Maler des Mittelalters. Sie hatten wohl verstanden, dass der Film nur ein Vorwand war, ließen sich nicht von dem klammen Begehren des fast Fünfzigjährigen schmeicheln, sondern gesellten sich lieber zu den jungen Lehrern ans Buffet. Tania nutzte die Gelegenheit und schwärmte vom Film. Später erinnerte sie sich nicht mehr, was sie gesagt hatte, aber ihre Inbrunst war ansteckend und für einen Moment vergaß Oleg Azarow zu flirten und unterhielt sich lange mit ihr.

Am nächsten Abend wurde *Stalker* gezeigt, mit zwei Pausen, bis spät in die Nacht. In der ersten Pause holte Oleg eine Decke. Er breitete sie über sich und mit einer so vorsichtigen, präzisen Bewegung auch über Tania aus, dass ihr in der Dunkelheit der Schweiß auf die Stirn trat.

In der Woche nach Olegs Rückkehr nach Delhi übergab die Bibliothekarin des Gorky Sadan Tania ein Paket. Es war eine englischsprachige Ausgabe von *Der Meister und Margarita*. Erst war sie ein wenig verärgert, dass Oleg ihren Russischkenntnissen nicht traute, aber als sie das Buch aufschlug, änderte sie ihre Meinung. Er hatte ihr einen langen Brief geschrieben, mit Tintenklecksen, Streichungen und Bemerkungen am Rand. Zehn Seiten mit einer geistreichen Zusammenstellung von Zitaten aus Gedichten, Romanen, Filmen und politischen Reden. Tania entdeckte eine sehr intime Art, sich den kyrillischen Buchstaben in die Arme zu werfen. Das Wort *люблю* tauchte immer wieder auf, der Buchstabe *л* wirkte bescheiden, aber das *б* ragte über die Zeilen hinaus. Die Ähnlichkeit des Klangs mit dem englischen Wort für Liebe brachte sie zum Lächeln.

Als sie Oleg antwortete, dachte sie an eine andere Frau.

Es war das strahlende Glück gewesen, das Tania auf dem 1989 in einer der größten Tageszeitungen veröffentlichten Foto verführt hatte. Pamela Singh Bordes hielt eine Zigarette in der Hand, berührte mit der anderen ein Glas Weißwein und neigte den Kopf zur Seite, sodass das schwarze, volle Haar im Pagenschnitt ihr über die Schulter fiel. Sicher lachte sie auch noch nach dem Blitz des Fotoapparats. Während die Medien und die Öffentlichkeit sich über das empörende Sexualleben der jungen indischen Frau aufregten, eines ehemaligen Models und Miss India von 1982, war Tania wie hypnotisiert gewesen von dem Glanz des Lichts auf ihren nackten Armen. Das war kein platinblondes Bild einer Heldin auf der Kinoleinwand und keine Seifen- oder Shampoowerbung im Fernsehen, das war eine reale, lebendige Frau, die aß, rauchte, trank und mit weit geöffnetem Mund lachte, wie es nur vom Leben und der Liebe trunkene Leute konnten. Die Artikel enthüllten, dass Pamela, mit ihrer Liebe zum Luxus und als

Expertin für sozialen Aufstieg, zunächst in Delhi, dann in Bombay und sehr schnell in New York, London und Paris in mondänen Kreisen verkehrt hatte und fatalerweise das Risiko zu lieben schien, da sie der Reihe nach mit einem saudischen Waffenhändler, dem Emir von Katar, einem französischen Musikproduzenten – der für drei flüchtige Monate ihr Ehemann gewesen war –, mit mehreren britischen Abgeordneten, einem rumänischen Prinzen, einem italienischen Fürsten und einem Star der Rolling Stones liiert gewesen war. Man sagte ihr auch eine Affäre mit einem hohen Offizier des libanesischen Geheimdienstes nach, der außerdem ein Cousin von Gaddafi war und mit dem sie wiederholt im Privatjet nach Tripolis gereist sein sollte. Der Verdacht, dass sie sich für ihre sexuellen Eskapaden auch noch bezahlen ließ, brachte die nationale und internationale Presse schließlich völlig aus der Fassung.

Das Bild von Pamela Singh Bordes hatte sich in Tanias Gedächtnis eingebrannt. Keine andere Inderin hatte solch ein Leben gelebt! Ihr Ehrgeiz schlug sie in den Bann. Ihre schamlose Karriere faszinierte sie. Es war also möglich, das eigene Schicksal in die Hand zu nehmen, neue Wege zu beschreiten, anders zu leben. Tania hatte verstanden, dass der Glanz auf ihren Armen etwas mit ihrem Nachnamen *Bordes* zu tun hatte, den sie bei der Heirat mit dem Pariser Musikproduzenten angenommen hatte. Durch das Guckloch eines französischen Worts hatte Tania die andere Seite des Gartens der Möglichkeiten erspäht, wo Luxus und Wohlstand herrschten, ein Riss in ihren tristen Tagen in Kalkutta, die Vorstellung einer Zukunft.

Zu der Zeit las sie Taslima Nasrin. Ihre in Bangladesch verbotenen Bücher wurden in Kalkutta immer beliebter. Sie war noch nicht im Exil, die Fatwa über sie noch nicht verhängt. Mit ihren Essays hatte Taslima einen Stein ins Rollen gebracht. In *Selected Columns* sprach sie über ihre Jugend in Dhaka, über die Manu-Samhita und den Koran, über die Weisungen, wie Ehemänner ihre Frauen zu behandeln hätten. Sie stellte die Realität auf harte und knappe Weise dar. Dann folgte der Text über das Fest im Ramna Park, wo sie mit ihrer Schwester gewesen war. Taslima beschrieb, wie ein Mann im Gedränge seine Zigarette auf dem nackten Arm ihrer Schwester ausgedrückt hatte. Keine Schlägerei, keine Provokation, nichts, im fröhlichen Lärm der Musik hatte dieser Unbekannte auf dem weiblichen Körper seine Spur hinterlassen wollen, wie wenn man eine Fackel an einem Felsen löscht.

Tania hatte den Eindruck, ein und dieselbe Frau in verschiedenen Stadträumen zu sehen, wie eine Artistin von Trapez zu Trapez schwingend, über dem Netz. Sie hatte den Eindruck, dass die je nach Land unterschiedliche Definition des Körpers kein linguistisches, sondern ein kulturelles Problem war, dass das Glück etwas mit der Sprache zu tun hatte, in der man es erreichen wollte.

Muss man Hure werden, um glücklich zu sein? Um frei zu sein? Oder wird man, wenn man glücklich und frei ist, nicht zwangsläufig als Hure bezeichnet?

Tania schrieb Oleg ebenfalls einen langen Brief, den sie, versteckt in dem Essay *Our Films, Their Films* von Satyajit Ray, an die Botschaft schickte. Zum ersten Mal seit ihrem Besuch bei Bhuban Sen in seiner Buchhandlung vergaß sie, an Kljatschko zu denken.

Sie schrieben sich jede Woche. Dann wechselten sie zu Mails, weil sie sich so viel zu erzählen hatten. Im folgenden Monat kam Oleg wieder nach Kalkutta. Die Stadt schien ein bisher ungenutztes Potential für russisch-indische Beziehungen zu besitzen. In seinen drei vollen Arbeitstagen fand er Zeit, Tania zum Abendessen in das Restaurant seines Hotels einzuladen. Es war das erste Mal, dass Tania einen Fuß ins Grand Hotel setzte.

Beim Aperitif entspannte sie sich. Bei den gebratenen Gambas waren sie beide zu Witzen aufgelegt. Beim Hauptgang nahm Oleg ihre Hand, küsste sie, zog sie an sich, seine Augen leuchteten. Sie verzichteten auf den Nachtisch und eilten zum Fahrstuhl.

Tania entdeckte eine Parallelwelt. Im Hotel war sie auf internationalem Gebiet. Niemand schaute sie schief an, weil sie in Begleitung eines Mannes war, der zudem viel älter als sie und Ausländer war. Von den Rezeptionisten bis zum Zimmerservice schenkten alle ihr ein warmes Lächeln. Dachten sie, sie habe es über die Grenze geschafft, weil sie in Begleitung eines Weißen war? Sahen sie darin eine Art von Triumph? War sie die Botschafterin ihres geheimen Traums?

Als sie im Zimmer waren, drückte Oleg sie gegen die Tür und schaute sie an, als wollte er ihre Gedanken lesen, dann wich er zurück. Ein Schritt nach vorn, zwei zurück, sagte er mit gepresster Stimme. Tania verstand nicht, inwiefern diese Antwort Lenins auf Rosa Luxemburg anlässlich der Krise der Kommunistischen Partei im Jahr 1904 auf ihr Rendezvous anwendbar sein sollte. Vor ihr lag glitzernd das ganze Viertel um die Park Street und der Lärm drang bis zum Fenster, stieß an die Scheibe und verflüchtigte sich langsam.

Oleg näherte sich ihr wieder, streichelte ihr Haar, wühlte sich mit den Fingern hinein, zog daran, bis sie den Kopf neigte. Er küsste sie.

Er begann, die Konturen ihres Körpers zu erkunden, der sich in einer engen Jeans und einer Seidentunika verbarg. Seine Hände fuhren die Linien nach, hielten an manchen Stellen flüchtig an, wogen schwer. Dann hob er sie mit einer geschmeidigen Bewegung hoch und legte sie aufs Bett. Als handele es sich um einen impliziten Vertrag, blieb Tania zunächst passiv, auch wenn die Neugier sie gepackt hatte, das Verlangen nach dem anderen Körper unwiderstehlich wurde, aber sie hielt stand wie ein Mädchen aus gutem Haus.

Das hätte Oleg abschrecken können, aber er wusste, dass ihre falsche Zurückhaltung den indischen Spielregeln entsprach. Er wusste, dass hier der Mythos die Wirklichkeit überdeckte, die Bevölkerungszahlen explodierten, aber niemand sprach darüber: Die Kinder wuchsen im Gemüsebeet, Mädchen zwischen den Rosenstöcken, Jungen zwischen Kohlköpfen.

Oleg musste sich gedulden, sie über und über mit Küssen bedecken und sich weiter gedulden. Als sie fast schon einschlief, spürte Tania ihn in sich. Es war unmöglich, zurückzuweichen, kehrtzumachen, er hielt sie fest und bohrte sich in sie hinein. Es war, als würde ein Baum in ihr wachsen, Wurzeln schlagen, seine Äste ausbreiten, riesig werden, und zum ersten Mal in ihrem Leben entdeckte Tania ihren Körper, zur gleichen Zeit wie Oleg, zum ersten Mal in ihrem Leben hatte sie den Eindruck, einen Körper zu haben.

Das Leben war ein endloser Flughafen. Warten. Fliegen. Wieder warten. Tania sah Oleg fast jede Woche. Sicher hatte er in seinem Sekretariat eine vertrauenswürdige Person gefunden, die sich diskret um die Logistik kümmerte. Tania wusste, dass es für ihn als Mitarbeiter im diplomatischen Dienst ein großes Risiko bedeutete, mit ihr, der zwanzig Jahre jüngeren ausländischen Studentin, diese Beziehung zu führen. Außerdem war es recht wahrscheinlich, dass er in Russland eine Verlobte zurückgelassen hatte. Ihre Romanze durfte nicht ans Licht kommen. Tania reiste im Land umher, es war der Beginn einer langen Irrfahrt. Von ihren Reisen brachte sie kleine Gläser mit Marmelade und Honig, winzige Shampoofläschchen, glatte Kiesel vom Strand und Tannenzapfen aus den Wäldern des Himalaja mit. Die wechselnden Kulissen ihrer Treffen verhinderten, dass sie sich an etwas gewöhnte, außer an den Körper und die Zärtlichkeiten dieses Mannes. Oleg, mittelgroß, schmal und muskulös, wirkte mit seinen blonden, kurz rasierten Haaren, die sein scharf geschnittenes Gesicht perfekt zur Geltung brachten, wie ein Schamane in Zivil. Das Kristallblau seiner Augen schien niemals zu enden, als würde es sich in jedem Moment in immer neuen Schattierungen zeigen. Tania ahnte, dass sich hinter der Fensterscheibe seines ruhigen Gesichts ein stürmischer, sensibler, sogar etwas verträumter Mann verbarg.

Die tropische Stadt hatte seine Haut mit Sonnenbräune und einer feinen Schicht Schweiß überzogen, wodurch er immer ein wenig verrucht wirkte. Tania liebte die ersten Augenblicke ihrer Wiedersehen, wenn er ihr den Arm um die Taille legte, seine Begrüßung fast flüsterte, wenn seine warme Hand schwer auf ihr lag und sein Lächeln ansteckend war. Nichts war besser als dieser Moment, der allem anderen vorausging. Nichts war so köstlich wie die Vorfreude, die ihr den Magen zusammenzog. Während sie den salzigen Geschmack seiner Haut in kleinen Schlucken wiederentdeckte, überlegte sie, ob sie diesen Körper auch im Schnee, bei Wind, anderswo, weit weg von Kalkutta wiedererkennen würde.

Anfangs wunderte sie sich, dass er ihr nie Blumen oder Pralinen schenkte. Stattdessen brachte er ihr immer Bücher mit, manchmal schon gelesene Exemplare aus seiner Bibliothek mit Anmerkungen und Eselsohren. Nachdem sie sich geliebt hatten, begann er zu reden, ohne sie anzuschauen, als hätte er ihre Anwesenheit vergessen, die Augen zur Zimmerdecke gerichtet, die Finger auf den Schläfen, als wollte er die feinen Spuren der Zeit verwischen. Oleg sprach über seine Kindheit in Moskau in einem akademischen, atheistischen und kommunistischen Elternhaus; von seinen Lehrjahren als junger Diplomat; über den Machtwechsel von Jelzin zu Putin, dem er beigewohnt hatte wie ein Zuschauer im Theater, begeistert von der allgemeinen Aufbruchsstimmung. Gorbatschow war für ihn bloß der unglückliche Überbringer der Nachricht, der unfreiwillige Katalysator der Katastrophe. Kein echter Russe und nicht wirklich gemacht für den Kreml. Er trank nicht, er nahm keine Geschenke an, war zärtlich zu seiner Frau und zeigte es öffentlich. All das war sehr europäisch. Verdächtig. Er konnte nur eine Übergangslösung sein, bevor er niedergetrampelt würde von seinen Nachfolgern, allesamt zutiefst antikommunistisch, den früheren sowjetischen Führern aber ähnlich in ihrem tyrannischen Willen. Oleg sprach über seine schnell verflogene Faszination für Dugin, der mit seinen metaphysischen, nationalistischen Theorien den Leib Christi zurück in die Seele des russischen Volkes bringen wollte. Die schönsten Erinnerungen hatte er an seine Stelle in Italien zur Zeit der Perestroika, als alle Scheinwerfer auf sie gerichtet waren und er und seine Kollegen von ihren ausländischen Partnern misstrauisch beäugt wurden. Im Herzen der Toskana hatte er sich in eine Journalistin verliebt.

Dieser Anekdote folgte ein kurzes Schweigen, dann drehte er sich zu ihr und küsste sie. Um den Faden wieder aufzunehmen, erklärte Oleg ihr, wie wichtig es sei, die Beziehungen zwischen Indien und Russland wieder zu kitten, die seit dem Zusammenbruch der UdSSR zerrüttet waren. Dann neckte er sie und sagte, dass sie seine private Mission sei, um die alte Freundschaft zu Indien wieder aufzunehmen. Als Tania ihm einmal Fragen zum Tschetschenienkrieg stellte, empfahl er ihr, *Der Gefangene im Kaukasus* zu lesen. Tania hätte nicht sagen können, ob er ihren Fragen aus Misstrauen auswich oder weil er der Geschichte lieber in Romanform begegnete. Er redete viel und antwortete nie. Es war eine Kunst, ein Spinnennetz über der Leere, ein fliegender Teppich, um sich jenseits aller Grenzen zu bewegen.

Sie lagen lange nebeneinander auf dem feuchten, zerknitterten Laken. Die makellose, unpersönliche, geruchsfreie Reinheit der Laken, wo keine Farbe, kein unansehnliches Muster eines gemeinsamen Alltags Spuren hinterlassen konnte, war vielleicht das Einzige, das sie störte.

Sie fragte sich, was ihre früheren Genossen aus der Partei sagen würden, wenn sie wüssten, dass sie sich die Bettgeheimnisse eines russischen Diplomaten anhörte. Es war ein ungleicher Dialog. Tania hörte viel zu, sprach wenig und sagte vor allem nie etwas über Kljatschko. Intuitiv fürchtete sie, den Diplomaten zu verärgern, wenn sie in den Archiven seines Landes wühlte.

Aber jede Nacht, die sie mit ihm verbrachte, war ein Schritt ins Leere, in die soziale Isolation. Ihre Umarmungen mussten im Verborgenen bleiben, ihre Freundschaft für ihn bekam etwas Unbeholfenes. Sie war weder seine Geliebte noch seine Freundin, wie eine der vielen Frauen, die ihn bei gesellschaftlichen Anlässen umschwärmten, Tania blieb ein Geheimnis und versuchte vergeblich, ihre Verwirrung zu überspielen. Schließlich mied sie sogar die kulturellen Veranstaltungen am Gorky Sadan, da sie fürchtete, sie könnte dem Mann, den sie auf intimste Weise kannte, nicht gleichgültig begegnen.

Während dieser Zeit beobachtete Sascha sie aus der Ferne, er ahnte etwas, ließ sich aber nichts anmerken. Dann holte er sie eines Tages in der Bibliothek ab und nahm sie mit nach Hause. Er ließ sie im Wohnzimmer

Platz nehmen, ging in die Küche und kam mit einer Flasche Gin und einem verschmitzten Lächeln im Gesicht zurück.

»In Frankreich backt man Kuchen mit Rum, warum also nicht *Paratha* mit Gin?«

»Was?!« Tania war so überrumpelt, dass sie gar nichts verstand.

Seine Eltern waren an der Universität und Sascha übernahm ihre Küche, machte einen Teig aus Mehl, gab Gin hinzu, summte, pfiff und tanzte sogar ein wenig, und buk die *Parathas*.

Sie waren widerlich. Beide krümmten sich vor Lachen und spuckten alles wieder aus. Dann begannen sie zu trinken. Sascha trank in kleinen Schlucken, ohne Eile, erhaben.

Tania hatte genug von dieser missratenen Rezeptur, sie wollte schnell zu einem Ende kommen und kippte ein Glas nach dem anderen, wobei sie Sascha beruhigte, dass sie nicht betrunken sei und der Alkohol keinerlei Wirkung zeige. Das wiederholte sie ein Dutzend Mal, bevor sie sich auf dem Boden zusammenrollte.

Zuerst lachte Sascha, dann bekam er Angst, weil Tania sich mittlerweile weinend und schluchzend am Boden krümmte und sich das Gesicht rieb. Nicht bloß die Rezeptur, der ganze Versuch, sie abzulenken, schien missraten. »Was ist los? Warum weinst du?«

Aber wie soll man erklären, warum man weint, wenn die Seele in einer vergorenen, destillierten Flüssigkeit badet, die sie durchscheinend und zerbrechlich wie Glas macht, und wenn die Welt so riesig, so voller Details wirkt und man in seiner Verwirrung glaubt, sie endlich zu verstehen?

Tania blieb nicht die Zeit, die Knoten zu lösen, die ihr das Herz zusammenzurrten, sie wurden mit einem Ruck aufgerissen.

Oleg befürchtete immer, sich durch seine Unvorsichtigkeit zu verraten: eine offengelegte Mail, ein neidischer Kollege, eine Reise aufs Land, wo sicher keine Konferenz stattfand, alles hätte seine indische Romanze auffliegen lassen können. Der Winter des Jahres 2000 neigte sich dem Ende zu, als der Angriff von unerwarteter Seite kam.

Mitten in der Nacht wurde Tania aus dem Schlaf gerissen. Als hätten ihre Eltern alles von langer Hand geplant, damit im Haus Ruhe herrschte und der Feind der Attacke unbewaffnet und verletzlich gegenüberstand. Denn das war Tania in den Augen ihrer Eltern, ein Feind ihrer Ehre. Ihre vielen Reisen quer durchs Land waren ihnen nicht entgangen, ganz im Gegenteil. Mira hatte ihr keine Sekunde geglaubt, als sie behauptete, sie würde an Sprachkursen teilnehmen. Schon weil sie sich nicht vorstellen konnte, dass es ein Bildungsprogramm gab, dass seinen Studenten so viele Flüge finanzierte. Außerdem konnte der neue Glanz im Gesicht ihrer Tochter nicht von einer Tagescreme oder einem Puder stammen. Vor langer Zeit hatte auch Mira dieses Leuchten gekannt, das aus einer unbekannten Quelle tritt und sich unter der Haut ausbreitet, sie durchscheinend werden lässt, die Sonne spiegelt. Das Glück hat zweifellos einen Duft. Wie ein Ochse, der den Geruch des Moschus hinter sich lässt und die Jäger auf seine Fährte bringt, ging Tania ihren Eltern in die Falle.

Hände packten sie durch das Moskitonetz, und einen Augenblick später fand sie sich unter dem offenen Himmel ihres Zimmers wieder, das Bett und die Laken geplündert, die Lampen angeschaltet, die Augen geblendet. Unter Schlägen versuchte Tania aufzustehen, sich vor ihren Eltern aufzurichten, um ihnen nicht zu Füßen zu liegen, aber sie durchschauten ihre Absicht und taten alles, um sie auf dem Boden zu halten. Prakash fixierte sie mit seinem Fuß, während Mira Tanias Handtasche umdrehte, aus der Portemonnaie, Notizheft, Stifte, Bücher und schließlich eine Schachtel mit Antibabypillen fielen. Mit dem Beweisstück in der Hand kehrte sie zu ihrem Mann zurück, um ihre Pflicht zu tun: ihre Tochter zu fesseln, die Schande über sie gebracht hatte. Endlich konnten sie ihn zähmen, diesen kleinen Körper, der ihnen gehörte, der einst ihr Fleisch und Blut gewesen war, ein winziges, summendes Leben im Mutterleib, namenlos.

Mehrere Stunden lag Tania so da, an Füßen und Händen gefesselt. Dann gelang es ihr, sich selbst zu befreien, aber sie blieb eingesperrt, die Tür von beiden Seiten verriegelt, drei Tage und drei Nächte verweigerte sie das Essen und schämte sich, als sie einige Schlucke Wasser aus der Karaffe trinken musste. Am dritten Tag hörte sie, wie die Tür von außen aufgeschlossen wurde und öffnete auch von ihrer Seite. Ihr Vater forderte sie auf, sich anzuziehen, das Taxi wartete schon, ihre Eltern wollten sie ins Irrenhaus schicken, weil nur ein Zustand geistiger Verwirrung erklären konnte, dass ein Mädchen aus gutem Hause tat, was sie getan hatte.

Ihr Körper wog fast nichts mehr, ihre Beine zitterten, aber Tania begann, mit solcher Selbstsicherheit zu sprechen, dass Prakash es kaum glauben konnte. Sie brachte Argumente vor, verteidigte sich, ohne einen Fehler einzugestehen, drohte ihren Eltern mit juristischen Folgen bei falschen Angaben zu ihrem Gesundheitszustand. Es war offensichtlich, dass ihre Eltern sie nicht für verrückt hielten, sondern sie bestrafen, sie unterwerfen, die moralische Ordnung wiederherstellen wollten.

Als sie die Tür wieder hinter sich schloss, brach Tania auf dem Boden zusammen. Zum ersten Mal seit dem Zornausbruch erschrak sie über das Gefühl, keine Mutter und keinen Vater gehabt zu haben. Sie war nicht aus einer dunklen Höhle vertrieben worden, sie war keine Waise, sie war Zeit ihres Lebens an zwei Unbekannte gefesselt gewesen und konnte sich nicht lösen. Zusammengerollt wie ein Fötus lag sie da und beneidete die Freiheit von Eremiten, Bettlern, Vagabunden und Prostituierten. Tania dachte an Oleg. Sie wusste nicht, was man von der Liebe erwarten, was man vom Geliebten verlangen konnte, aber sie verstand, dass keine Zärtlichkeit eines Mannes je genügen würde, um ihr noch einmal das Gefühl zu geben, in einem warmen Bauch zu liegen und in den Schlaf geschaukelt zu werden.

Als sie Oleg anrief, behauptete die Haushälterin, er sei nicht da. Mit glühendem Kopf glaubte Tania, am anderen Ende Lachen zu hören. In Panik legte sie auf. Es war fast zweiundzwanzig Uhr. War Oleg bei einem Arbeitstermin? Bei einem Empfang? Bei einem Tête-à-tête? War er es, der lachte, mit einer anderen Frau in seinem Wohnzimmer? Oder war etwa die Haushälterin seine Geliebte? Sie sah sein Haus in Delhi vor sich, eine Villa im Kolonialstil, in der sie einmal gewesen war.

Als sie gerade gehen wollte, rief Oleg sie in der Telefonzelle zurück. Als sie ihm von ihrem Martyrium erzählte, war er außer sich. In seiner Wut fand er nicht die richtigen Worte. Plötzlich fiel er zurück in seine alte Rolle, in der er jungen Indern die russische Sprache und Kultur näherbringen, ihrem Schicksal eine neue Wendung geben, seine Heimat als einen Hort ungetrübten Glücks darstellen sollte. Er kannte Tanias Faszination für die sowjetische Ära und glaubte trotz des Zusammenbruchs des Systems weiter an die Möglichkeiten, die sich dort boten. Oleg war nicht mehr ihr Freund, Liebhaber, zärtliches Raubtier. Er war der Held, und es war an der Zeit, das Fräulein zu retten. In wenigen Worten erklärte er ihr, wie sie ein Stipendium beantragen konnte, schickte ihr gleich das Formular per Mail und wusste, wie man es angehen musste, damit ihre Anfrage schneller bearbeitet wurde. Es war das letzte Jahr seines diplomatischen Mandats, und er hatte keine Zeit mehr zu verlieren.

»Möchtest du wirklich bis zu deiner Abreise nach Russland bei deinen Eltern bleiben?«

Weil du mich nicht bei dir aufnehmen kannst, wollte sie antworten, aber sie versicherte ihm bloß, dass sie noch einige Monate in Kalkutta durchstehen würde, es war möglich, dass ihre Eltern nach ihrem Gewaltausbruch nun vorsichtiger sein würden.

Oleg blieb beharrlich und gab ihr den Kontakt einer Kollegin in Delhi, die Tania notfalls bei sich aufnehmen konnte. Sie wechselten noch ein paar zärtliche Worte, die Nacht schien ruhiger zu werden, aber Tania konnte sich nicht länger zurückhalten, als sie schon auflegen wollte, platzte es aus ihr heraus: »Wer ist bei dir? Mit wem hast du eben gelacht?«

Nach einem langen Schweigen sagte Oleg mit unverändert sanfter Stimme: »Verschwende deine Gedanken nicht daran, Tania. Weder an mich, noch an deine Eltern. Dein Leben hier ist zu Ende. Denk an deine Zukunft, an das neue Leben, an das Glück, das du hast.«

Aus jedem Wort von Oleg sprach, was Tania eigentlich von Anfang an gewusst hatte. Er hatte für sie und für alle Frauen immer nur eines sein wollen: eine warme, fröhliche Spur in ihrem Leben, ein ewiges Strohfeuer.

Tania stand in der Telefonzelle und zitterte. Sie hatte in ihrer Jungfräulichkeit nie ein überlebenswichtiges Kapital, einen familiären Besitz, eine Frage des sozialen Status gesehen. Sie war überzeugt gewesen, dass ihr Schicksal einzigartig war, und hatte sich von ihrem Instinkt leiten lassen. Nie hatte sie ihr Begehren hinterfragt, weil sie gedacht hatte, es genüge, es in intelligente Worte zu kleiden, um ihm Legitimität zu verleihen. Nun aber, in dieser Telefonzelle, tat sich ein unüberwindbarer Abgrund zwischen ihrer Geburtsstadt und ihrem Körper auf, zwischen ihrem bisherigen Leben und ihrer Zukunft, es war die Kerbe zwischen ihren Beinen, die sich nicht mehr schließen ließ.

Sie hatte jemand anderes sein wollen und war es geworden. Oleg hatte sie ihrem Zuhause entrissen, aber sie war noch lange nicht am Ziel. Und sie wusste, dass er sie auf ihrem Abenteuer nicht begleiten würde. Expats überleben dank ihres mitgebrachten Pragmatismus, ihrer zyklischen Anpassung an die Ortszeit. Tania wusste, dass Oleg das Land mit jeder beliebigen Schauspielerin, Pianistin, Tänzerin, Journalistin, reichen Erbin oder Kollegin aus der nächstbesten Botschaft hätte bereisen können. Aber er hatte sie gewählt, eine etwas verrückte, nicht gerade reiche und nicht immer hübsche Studentin.

Weil sie sich ihm nicht entzogen, weil sie den Preis ihrer Weiblichkeit nicht in die Höhe getrieben hatte? Sie wusste so wenig. Oder das, was sie wusste, war verzerrt. Sonderbar und wundervoll hemmungslos.

Als sie die Telefonzelle verließ, dachte Tania, dass sie nicht nach Russland gehen würde, nicht so. Sie würde sich nicht wie eine Diebin davonschleichen. Alles, was sie so lange geliebt hatte, konnte nicht bloß in eine Flucht münden. Sie konnte das Kind nicht verraten, das sie gewesen war. Sie würde die Brücken hinter sich nicht einreißen. Die russischen Bücher hatten sie bis an den Abgrund geführt und hielten sie nun davon ab, sich hineinzuwerfen.

Sobald sie das Haus betrat, verließen die Eltern den Raum, ohne sie eines Blickes zu würdigen. Sie sprachen kein Wort mit ihr, sie sprachen kein Wort miteinander. Das Schweigen triefte aus den Wänden. Tania verstand, dass ihre Eltern wussten, dass sie zu weit gegangen waren. Sie waren starr vor Scham, vielleicht fürchteten sie ihre Entschlossenheit und mieden sie.

Sie las ihren Brief an Adel noch einmal. Etwas hatte sie bisher davon abgehalten, ihn abzuschicken. Sie wusste nicht, was es war, wahrscheinlich der Traum von einem Ziel, von einem wenigstens zeitweiligen Schicksal, den sie hegte, seit sie Oleg kannte. Unbewusst hatte sie davon geträumt, mit Oleg zu ihrer ersten Reise nach Russland aufzubrechen und dort endlich Kljatschkos Tochter kennenzulernen. Aber nun war sie gezwungen, Adel zu sagen, dass ihre Reise warten musste. Mit zitternder Hand beendete sie den Brief und schob ihn in den Umschlag.

Dann sah sie sich das Formular für das Stipendium genauer an. Das musste noch ein paar Monate warten, ein Trimester vielleicht. Erst würde sie ihren Eltern die Noten ihrer Abschlussprüfung am Gorky Sadan vor die Nase halten.

Oleg würde nicht mehr da sein. Und es wäre auch besser so, das Leben ohne ihn zu lernen, mit ihrem Körper, den er verändert hatte. Sie würde erfahren, was von der Liebe übrig blieb, von den Zärtlichkeiten, wenn die Seele sich häutet, sich erholt, wieder ans Licht kommt.

Das Treffen

Heute Morgen habe ich zum ersten Mal seit Ewigkeiten mein blaues Samtkleid aus meinem Koffer geholt. Ich habe es gestreichelt, um die Falten zu glätten, habe es geküsst, um den Geruch von Naphtalin, Staub, den Geruch der Jahre zu vertreiben. Es schmiegte sich an die Rückenlehne meines Sessels. Als ich nach den passenden Schuhen suchte, erinnerte ich mich. Tania hat entschieden, nicht nach Russland zu kommen. Nicht dieses Jahr. Immer wieder lese ich ihren Brief. Ich vergesse jedes Mal, dass sie sich anders entschieden hat. Ich stehe mit ihr am Rand des Abgrunds, ich warte auf sie. Dann mache ich einen Schritt zurück. Dann eben im nächsten Jahr. Beim nächsten Lesen ihres Briefs. Vielleicht wird es zu spät sein. Neunzig Jahre. Vielleicht werde ich sie nicht mehr treffen. Es wäre ein weiteres verpasstes Treffen. Alles, was ich über meinen Vater zu sagen habe, alles, was ich noch immer nicht gesagt habe, hätte ich ihr vielleicht gesagt. Ich hätte ihr das Tagebuch meines Vaters anvertraut.

Ich packe das Kleid weg. Es ist lange her, dass es meinen ungeduldigen, erwartungsfrohen Körper umspielte. Wenn ich unterwegs war zu einer Verabredung, zu dem Mann, den ich liebte, ein immer breiteres Lächeln auf den Lippen, wurde mein ganzer Körper ein Lächeln. Es war nicht Andrei. Mein Ehemann war kein guter Mann. Wenn ich an ihn denke, sehe ich einen Wäschekorb. Und den Fußtritt, mit dem er ihn in die Ecke beförderte. Andrei mochte es nicht, wenn man seine Taschentücher in derselben Wanne wusch wie die Wäsche der Kinder. Schmutzige Wäsche, schmutziges Wasser, der beißende Geruch der steinharten Seife, mit der ich die Wäsche bearbeitete, die platzenden Seifenblasen.

Ich hatte nur meine Töchter, sie hatten nur mich. Und dann kam ein Morgen im Juni 1941. Ich war auf dem Newski-Prospekt unterwegs, als ich die Stimme Lewitans aus den Lautsprechern hörte. Er verkündete, dass uns im Morgengrauen die Truppen der deutschen Armee am Schwarzen Meer attackiert hatten.

Die Erinnerungen stürzen zusammen, ertrinken, man muss sie packen, solange sie noch an der Oberfläche sind.

Meine ältere Tochter war sechseinhalb Jahre alt, die Jüngere zwei Jahre und acht Monate, als der Krieg ausbrach. Ich ließ sie zu Hause, mit anderen verschreckten Kindern, alle hingen am Geländer. Dann rannte ich in die Fabrik. Sie war unsere Lebensachse. Dort feierten wir sogar die kommunistische Taufe unserer Kinder. Dort richteten wir unser Hauptquartier für den Kampf ein. Wir waren Tag und Nacht am Werk, um in der Stadt Gräben und Unterstände gegen die Bombenangriffe zu bauen. Treibballons schwebten am Sommerhimmel wie Walfische. Vom Newski stieg der rhythmische Lärm der marschierenden Soldaten auf und ließ das Wasser der Fontanka in nervösen Wellen erzittern. Mein Mann trat in die Miliz ein. Die Gräben quer über den Ostrowski-Platz und vor dem Pionierpalast erinnerten an offene Gräber. In zwei Tagen verwandelten wir unsere Stadt in einen Friedhof.

In diesen Tagen schlief ich komplett angekleidet, immer in Erwartung des nächsten Bombenangriffs, das Ticken des Metronoms aus den in der ganzen Stadt verteilten Lautsprechern wurde zu meinem Herzschlag. Jagdflugzeuge zogen über unsere Dächer, das unnachgiebige Pfeifen der Bomben zersetzte meine Nerven, ich glaubte, verrückt zu werden. Aber noch schlimmer war es, wenn das Geräusch kurz vor dem Einschlag aussetzte. Solange man sie hören konnte, war man sicher, aber wenn sie verstummten, konnte das Ende nah sein. Wir Leningrader hatten keine Ahnung, was uns erwartete. Noch ein Gegenangriff und die Deutschen würden Staub fressen. Der Sieg war uns sicher, das verkündete uns jeden Tag Stalin, der Mann aus Stahl.

Ich habe immer gedacht, Russland sei ein einsamer Planet. Es hat sein eigenes Gravitationsfeld, seine Energie, seine Kraft. Es dreht sich in der Nähe der Erde, fasziniert sie und stößt sie ab.

Aus dieser Zeit gibt es nur eine Nacht, an die ich mich erinnern möchte. Eine Nacht, die ich zu Fuß durchquerte. Mitte Juli kam der Befehl, unsere Kinder aus Leningrad in die Gegend um Pestowo oder Nowgorod zu evakuieren. Noch heute, wenn ich zur Station Moskowski gehe, die damals Oktjabrski hieß, sehe ich vor meinen ungläubigen Augen den Güterzug auftauchen, schweißgebadet, aus den Nüstern qualmend wie ein Monster auf Schienen. Und die in den Waggons gestapelten Bündel, und meine Kinder, die Kinder auf den Bündeln, den Tränen nahe, in Panik.

Jedes Erwachen war eine Qual. Als mehrere Tage

später ein neuer Befehl kam, noch mehr Kinder zu evakuieren, habe ich mich aufgelehnt. Ich habe den Militärzug genommen und war am Abend in Pestowo. Unsere Kinder waren zweiundzwanzig Kilometer vom Bahnhof entfernt in der Schule einer Kolchose untergebracht. Und so machte ich mich auf den Weg. Ich durchquerte die Nacht oder die Nacht durchdrang mich, nahm mich in ihrem Bauch auf. Kleine Häuser tauchten auf, aus denen kein Licht drang. Dann lag die Straße wieder verlassen da, nur das Rascheln der Blätter in den Bäumen begleitete mich. Die Sommerbrise streifte über die Mologa und ihr moosiges Ufer. Es war tief in der Nacht, aber ich hatte keine Angst, der Wunsch, meine Kinder sobald wie möglich nach Hause zurückzubringen, gab mir Kraft. Ich dachte an unsere Soldatinnen, unsere nächtlichen Hexen, die die Nazis in Angst und Schrecken versetzten. Panzerfahrerinnen, Infanteristinnen, Jagdbomberinnen, Scharfschützinnen: Ich war keine dieser mutigen Frauen. An unserem Großen Vaterländischen Krieg nahm ich teil, indem ich kilometerweit lief. Zu unseren Kindern, meinen und denen der anderen.

Als ich die Schule im Morgengrauen erreichte, schliefen die Kinder noch, auf dem Boden, die Gesichter eingefallen und ausgemergelt vom Durchfall. Keine Medikamente, wenig Nahrung und Wasser, alles war verdreckt. Die Pflegerinnen selbst entkräftet.

Wie ich den Chef meiner Fabrik überzeugte, unsere Kinder zurückzuholen, wie unser Zug unter Bombardement geriet und wir unsere Lokomotive zerborsten und brennend zurücklassen mussten, ist eine andere Geschichte.

Erinnerungen sind Bombensplitter. In der Luft erstarrt. Mit einer Handbewegung wische ich sie beiseite. Es ist Zeit, mein Zimmer zu verlassen.

Die Geschichte meines Lebens ist die besessene Suche nach Lebensraum, eine Folge von immer engeren Wohnungen, in denen man kaum mehr atmen konnte. Ich war eine städtische Nomadin. Vom Newski in die Stremjannaja, über einen Umweg in einem Taubenverschlag neben meiner Fabrik landete ich in einer Wohnung in der Puschkinskaja, wo ich kaum die Arme ausstrecken konnte, ohne an die Wände zu stoßen. Ich wusste noch nicht, dass ich auch dort nicht bleiben würde. Im August 1941 mussten wir Leningrad verlassen. Die Deutschen standen vor der Stadt. Der Befehl lautete, die Frauen und Kinder nach Sibirien zu evakuieren. Ich habe mir einen Schal um den Kopf gewickelt, meine Töchter genommen und mich auf die lange Reise begeben. Ich habe aus dem Fenster geschaut, die Landschaft abgesucht, kilometerweit nichts als triste, aschfahle Erde. Der Bahnhof von Nowosibirsk schien da wie eine Oase. Vor dem strahlend blauen Himmel erhob sich ein smaragdgrüner Bau mit weißen Simsen und Säulen. Rundherum weite, nackte Steppe, feucht von einem frühen Regen. Dort konnten wir uns niederlassen. Unser Waggon wurde abgehängt, mitten in der Nacht abgestellt wie ein Planwagen. Am 1. September 1941 kletterten wir schmutzig und erschöpft aus dem Waggon auf die sibirische Erde, wo wir mit Milch und Brot vom Direktor der Sowchose und seinen Genossen Sibiriern empfangen wurden.

Wenn Tania von meinem sibirischen Leben wüsste, könnte sie einen ganzen Roman darüber schreiben.

Oder würde sie glauben, dass schon alles erzählt ist, dass es nichts mehr hinzuzufügen gibt? Gibt es eine einzige, alles erklärende Fiktion, die die anderen Versionen der Wirklichkeit überflüssig macht? Gibt es eine Hierarchie der Wirklichkeiten, von der legitimsten zur illegitimsten? Ich allein bin eine Insel widersprüchlicher Wahrheiten. In meinem Inneren Erdbeben und Vulkanausbrüche, untergehende Inseln.

Die Baracken, in denen wir untergebracht wurden, ähnelten unfertigen, vagen Skizzen auf dem weißen Blatt der Landschaft. Unsere Zusammenkünfte fanden im Speisesaal statt, an dem massiven Tisch aus unbearbeitetem Holz, fest verankert im Boden, von dem der Geruch nach Stroh und Milch aufstieg. Langsam, ohne dass ich es bemerkte, lösten sich meine nach Beton und Metall schmeckenden Erinnerungen auf und machten in meinem Inneren Platz für den Strom aus eisigem, ruhigem Licht.

Der Winter kam mit seiner umhüllenden, eindringlichen Musik im Takt des Schnees. Das sanfte Knistern der Flocken wiegte uns Tag und Nacht. Dann wurde der Wind immer schneidender, blies durch die Bäume, bahnte sich endlose Tunnel und traf auf unsere langsam versinkenden Hütten. Zum ersten Mal in meinem Leben begegnete ich der grandiosen, herrschaftlichen Natur, unendlich mächtiger als alles, was wir in unseren Städten und Dörfern erbaut haben. Ich fühlte mich ganz klein, aber das machte mir keine Angst, im Gegenteil, ich wurde bescheiden und dankbar und war froh darüber.

Meine Enkelinnen lachen verlegen, wenn ich ihnen erzähle, dass ich die schönsten Lektionen des Lebens in Sibirien gelernt habe, dass es die schwierigste, aber auch die kreativste Zeit meines Lebens war. Ich habe gelernt, im Getreide die Zukunft zu lesen. Die Jahreszeiten durchquerten uns, um uns Geduld und Langsamkeit beizubringen. Ich formte die Erde und die Erde formte mich. Mit den Traktor- und Mähdrescherfahrern lebte ich auf den Feldern, ich arbeitete achtzehn Stunden am Tag und trug die ganze Woche dieselben Kleider. Wenn es keine Pferde mehr gab, zogen wir Frauen den Pflug.

Mein Mann kam mich in seinem Heimaturlaub besuchen. Andrei hatte sich verändert. Es war lange her, dass er sich zu mir gebeugt hatte, um die Farbe meiner Augen zu sehen. Der Krieg hatte uns nicht getrennt, aber den Graben offengelegt, der sich seit Jahren zwischen uns gebildet hatte.

Er blieb einige Tage und beobachtete unter seinen dicken Brauen verlegen und schweigsam die Leute auf dem Hof. Wenn er redete, wollte er provozieren, unsere Arbeit schlecht machen. Für ihn war ich eine Hinterwäldlerin geworden, nicht mehr die Buchhalterin der Fabrik, mit der er früher über den Newski spaziert war. Was trennte uns damals, in dieser Hütte? Der Geruch nach Lehm und Dung, dem er verzweifelt schnuppernd auf den Grund gehen wollte? Mein Körper und der Boden, wir waren vereint, wir waren eins, wir betrogen zusammen meinen Mann.

Meine Töchter und ich haben dank der Gastfreundschaft Sibiriens überlebt, dank seiner fruchtbaren Erde und seiner Stille. Sibirien hat uns gelehrt, dass menschliche Wärme die Kälte, die Angst besiegen kann. Sie ist eine Kraft für sich. Sie ist eine eigene

Jahreszeit, die im Geheimen lebt und Hoffnung sprießen lässt.

Wir wurden auch aus den finsteren Zeiten gerettet, die in Leningrad herrschten. Hungersnot und Krankheiten, Leichen und Geistermenschen, Mörder und Kannibalen – alles waren nur Gerüchte aus weiter Ferne, die sofort verstummten. Wir waren prähistorische Mammuts, eingefroren im ewigen Eis, geschützt vor einer Welt voller Schrecken.

Nach dem Krieg saß ich über Jahre jeden Frühling mit einer Gruppe von Alten wie mir auf dem Newski. Wir hielten alle eine Nelke in der Hand. In den Straßen und Gassen von Petersburg versammelten sich die Leute. Achthundertzweiundsiebzig Nelken. Eine für jeden Tag der Blockade. Wir waren die Überlebenden. Wir waren die Wundergeheilten. Ein besonderes Volk. Wir waren an unserem Gang zu erkennen, an unserer Haltung, unserer Art, uns zu unterhalten, und vor allem an unseren Augen. Unsere Augen hatten das Totenreich gesehen. Aber wir wurden immer weniger. Eine neue Zeit brach an. Sogar die Erinnerungen waren zu sperrig für das Leben.

Zum Ende des Krieges bin ich in unsere Wohnung in der Puschkinskaja zurückgekehrt. Vor die Fenster war Sperrholz genagelt worden, in zwei engen, leeren Zimmern standen Eisenbetten, die harten Matratzen rochen schimmelig. Mein Mann hatte mich für eine andere Frau verlassen und alle unsere Möbel mitgenommen. Er hatte mir nichts gelassen, sodass ich nicht wusste, ob ich unsere zerbrochene Ehe oder mein materielles Unglück beweinen sollte. Gerettet hat mich mein Betrieb, der mir Holz zum Heizen,

Möbel und Geschirr gab und meine Fenster und den Ofen reparierte.

Das Ende unserer Ehe war wie eine gewaltsame Fehlgeburt. Mit zerstörten Eierstöcken, mit einer zerfetzten Gebärmutter ist keine Schwangerschaft mehr möglich. Ich dachte nicht, dass ich mich noch einmal verlieben könnte.

Es dauerte Jahrzehnte, bis ich wieder einem Mann vertrauen konnte. Es war der Tag des Sieges. Ich hatte beschlossen, dieses Jahr in die Hauptstadt zu fahren, um an der Parade teilzunehmen. In der Menge traf ich Nikolai Ustinowitsch, Arbeiter der ZIL, des großen Moskauer Kraftfahrzeugwerks, das damals noch prosperierte. Auch er hatte in Sibirien die Erde gepflügt. In einem Meer aus roten Fahnen und Ovationen riefen wir uns unsere reichen Ernten ins Gedächtnis. Ich weiß nicht, ob es unsere Erinnerungen an ein Weizenfeld unter einem kristallblauen, von der eisigen Kälte wie blankgeputzten Himmel waren oder der Adrenalinschub auf den Straßen von Moskau, die Rufe der Menge und die metallischen Geräusche der Militärkolonne, die uns das Gefühl von großer Dringlichkeit gaben, sodass wir uns küssten. Sich neu zusammensetzende und sich überlagernde Bilder wirbelten durch meinen Kopf, eng umschlungen liefen wir weiter, Mund an Mund. Er achtete nicht auf meine Falten, auf mein welkes Gesicht, die vergangenen Jahre spielten keine Rolle. Wir waren dankbar, dass wir am Leben waren und uns an diesem Tag des Sieges wiedertrafen. Alles ergab einen Sinn. Alles musste einen Sinn ergeben. Angesichts dieses plötzlichen Glücks wurde mir schwer ums Herz. Ich musste weinen.

Nach Nikolai, der Ende der siebziger Jahre starb, habe ich keinen anderen Mann mehr gehabt. Lange schon stört es mich nicht mehr, niemanden zu haben. Ein anderer Schmerz hat mein Herz erstarren lassen. Ich sehne mich nach diesem Traum, der uns wie ein Fieber gepackt hatte. Ich sehne mich nach einer besseren Zukunft, die niemals kommen wird. Die Zeit ist auf der riesigen verlassenen Baustelle stehen geblieben, wo wir unsere Siegestürme errichten wollten. Diesen Schmerz spüre ich am ganzen Körper. Die Verzweiflung nagt an meinen Knochen, lässt sie vermodern, verwesen. Nichts und niemand kann mich davon heilen. Ungerechtigkeit und Ungleichheit, Kriege und Genozide durchziehen unseren Alltag. An nichts mehr zu glauben macht mir Angst. Ich fürchte, die Jugend verraten zu haben. Ich verberge mein Gesicht vor ihnen, um meine gesprungene Seele vor ihren Blicken zu schützen. Sie ist der Spiegel dieser falschen Zeit.

Im Heim bleiben manche wie erstarrt vor ihren Fernsehern sitzen, den Mund halboffen, Speichel im Mundwinkel. Andere sind unruhig. Sie brabbeln vor sich hin, ihre Körper zittern vor fruchtloser Wut. Manche erinnern sich an die Erklärung in der *New York Herald Tribune,* dass die Rote Armee in einer heroischen Großtat die Nazis besiegt habe. Andere wittern Verrat. Die wache Welt vergisst schnell, und wir, die nach Schlaf Dürstenden, die Nachtwandler, reden weiter, um nicht zu vergessen.

Im Heim von Pargolowo verfolgten wir den Bürgerkriegszustand von 1993 wie Fremde aus der Ferne. Wir sahen zu, wie einfache Bürger Maschinengewehre, Karabiner, Pistolen und sogar Äxte in die Luft reckten.

Jelzin gegen die Duma und die Duma gegen Jelzin. Und die dritte, unsichtbare Gewalt, die Scharfschützen im Haus gegenüber der Duma, die auf alles schossen, was sich bewegte. Hexenpulver, das alle verrückt machte, und die Leute gingen aufeinander los.

Michail, der Sohn meiner Cousine Daria, ist wie viele andere junge Leute dort gewesen, um zu sehen, was los war. Er warf seiner Mutter vor, so passiv zu sein. Wie kannst du nicht wählen gehen? Es ist mein Land. Ich möchte über die Zukunft meines Landes entscheiden. Und ich möchte wissen, bevor ich wähle.

Er war erst siebzehn Jahre alt. Nach Aussage der Behörden getötet durch mehrfache Schussverletzungen. Aber als Daria seine Kleidung sehen wollte, hat man sie ihr nicht gezeigt, dann wurde sie vor der Untersuchung vernichtet. Ich erschaudere jedes Mal, wenn ich an Michails Foto denke, das auf seinem Grab steht. Der Friedhof in Moskau liegt gleich neben dem Obersten Sowjet, die Brandspuren und Einschusslöcher wurden beseitigt, er erstrahlt wieder in reinstem Weiß. Ich frage mich, was sie fühlt, Daria, wenn sie dort vorbeigeht. Denkt sie an Michail als Kind, jung, glücklich, verschmitzt, dickköpfig, wütend, lebendig, oder hat der Tod alle Erinnerungen geschluckt?

Vor dem aufgebahrten Sarg wollte sie sterben, sie hatte um Blausäure gebeten. Aber das Leben ist ein viel gefährlicheres Gift, das uns langsam tötet, Tropfen für Tropfen.

Jeder Tag, den ich weiterlebe, ist ein Kompromiss. Überleben dank irgendwelcher Menschen, dank der übrig gebliebenen Krumen der Dinge. Ich überliste mein Schicksal. Reiße einen weiteren Tag an mich und mache aus ihm, was mir gefällt. Es ist ein Versuch, einen Stein am Wegesrand zu bewegen. Um den Eindruck zu haben, nicht völlig umsonst zu leben.

Gleich werde ich Ekaterina Borodina helfen, ihren Brief an den Direktor des Heims zu formulieren. Ekaterinas Familie will verhindern, dass sie den Mann heiratet, in den sie sich hier verliebt hat. Sie sind beide über achtzig, ihre Liebe ist in den Augen ihrer Familien nicht legitim. Die Vereinigung alternder Körper scheint ihnen obszön, unpassend. Ein Frevel am Bild von Eden.

Werde ich an Nikolai denken, während ich den Brief schreibe? Kann man die eigenen Erinnerungen auf den Drehteller legen? Die verliebten Worte von damals im Takt unserer tippenden Finger wiedererkennen?

Dann muss ich endlich Tania antworten!

Aber was wird sie mit meinen Enthüllungen anfangen? Das Leben von Lew Moisejewitsch Kljatschko. Wen soll das heute noch interessieren?

Der kleine Lederkoffer, den ich über die Jahre immer bei mir hatte, ist so unscheinbar, so abgeschabt, dass niemand ahnte, dass sich darin das Tagebuch von Lew Moisejewitsch Kljatschko befindet. Die beiden Bücher, die er zum Ende seines Lebens veröffentlichte, stießen nicht nur auf Begeisterung. Manche nannten ihn damals einen »krankhaften Lügner« und beschuldigten ihn, nicht zwischen Wahrheit und Lüge unterscheiden zu können. Aber wie es scheint, ist er bei seiner literarischen Berufung geblieben, mein Vater. Da er keine Fiktion schreiben konnte, hat er aus seinem Leben einen Roman gemacht, aus seinem und dem der anderen. Sein Tagebuch ist ebenfalls eine fragwürdige, in Romanform gebrachte Version der Geschichte, wo Lügen verführerischer und mächtiger sind als die Wahrheit und wo sich das Unbehagen, dem Betrüger auf den Leim zu gehen, bald in der immer fesselnderen Lektüre auflöst. Aber ich hatte damals nicht den Mut, es zu veröffentlichen. Ich hatte Angst um ihn. Die Menschen hätten ihm noch im Grab keine Ruhe gelassen. Als der wehrhafte Soldat auf seiner Mission, der er war, wusste er sich zu verteidigen. Im Vergleich zu ihm war ich nichts, war ich niemand. Der König der Reporter hat verarmte Erbinnen hinterlassen. Ich hatte nicht den Mut, den es braucht, um die eigenen Gedanken und Worte in die Welt zu setzen. Ich konnte nicht für das Tagebuch meines Vaters einstehen. Dann war es zu spät. Den kleinen Koffer aus abgeschabtem Leder habe ich immer bei mir behalten. Manchmal nehme ich ihn hervor, streichele über die verblassenden Buchstaben, ein Wunsch steigt in mir auf, aber ich unterdrücke ihn gleich wieder.

Ich denke an Kornei Tschukowski, der sich so heftig mit meinem Vater gestritten hat. So viele Männer starben voller Begeisterung und Inspiration. Andere ängstlich, gedemütigt, mit dem Gefühl von großer Ungerechtigkeit. Es ist zu spät, um unseren Toten Gerechtigkeit widerfahren zu lassen.

Kornei Tschukowski wurde zum Nationaldichter unseres Landes. Ich glaube, in seiner besten Zeit hat er endlich ein sorgloses Leben führen können. Seine Tochter Lydia und ich sind Freundinnen geworden. Sie war ebenfalls Schriftstellerin, und vor allem Anna Achmatowas Sekretärin. Wir trafen uns von Zeit zu Zeit und ließen die Vergangenheit wieder aufleben.

Wir haben sie nicht auf dieselbe Weise erlebt, aber wir waren Bruchstücke derselben massiven Matrix. Wir hatten den Eindruck, Zeuginnen von etwas Großem gewesen zu sein, das wir mit hervorgebracht hatten, das uns aber weit überragte. Ich konnte nicht glauben, dass wir alle einzelne, unverbundene Teile waren. Wir waren der Geschichte in die schrecklichen, riesigen Hände gefallen, für immer vereint.

Die blutigen Risse danach habe ich nie verstanden. Ich dachte, wir sprächen eine gemeinsame Sprache, die Sprache unseres Heimatlandes, das die unterschiedlichsten, am weitesten entfernten Völker in sich vereinigt. Ein Land, das kein geografisches oder politisches Territorium ist. Ein Land ist ein Traum, ein weites Feld der Möglichkeiten, ohne Limit, ohne Grenze.

Als Chruschtschow die Entstalinisierung einläutete, musste ich an Raduga denken, an die Erklärung von Nadeschda Krupskaja, an die Autoren und Bücher, die hätten gerettet werden können. Chruschtschow, der Väterchen Stalin so nahegestanden und die Große Säuberung unterstützt hatte, beging einen Vatermord, der einer griechischen Sage würdig gewesen wäre. Mir schien, dass die großen Führer, die aus winzigen Ländern stammen, Napoleon, Hitler und Stalin, etwas gemein hatten. Bloße Anhängsel großer Nationen. Wer weiß, vielleicht mussten sie sich für die Bescheidenheit ihrer Herkunft rächen. Kleine Soldaten, die sich in überlebensgroße Männer verwandeln und ihre Minderwertigkeitskomplexe in eine unbändige Kraft.

Als ich in Rente ging, sah der Chef unseres Landes aus wie ein Schaukasten für Wimpel und Auszeichnungen. Auch ich wurde vom Leningrader Amt für Ernährungsindustrie ausgezeichnet. Aber ich hatte Schwierigkeiten, mich aus dem Betrieb zu verabschieden. Dort hatte ich den Großteil meines Lebens verbracht. Was tun! Ich hatte keine Energie mehr, neue Technologien zu lernen. Eine neue Ära brach an und ich trat einen Schritt zurück, um sie mir von der Seite aus anzuschauen.

Die Augen fallen mir zu. Ich bin müde. Ein frischer Wind fegt über die Brüstung gegenüber. Manchmal vergesse ich, seit wann ich hier bin. Vielleicht seit einem Monat, vielleicht seit Jahren.

In der Stremjannaja habe ich mich um meine jüngste Enkeltochter gekümmert. Ich nahm sie mit ins Theater, in den Zirkus, ins Museum. Ich hatte die Zeit. Endlich konnte ich meine Stadt genießen, die allen politischen Unwettern getrotzt hatte. Die Jahre waren über sie hinweggefegt, hatten ihre herrschaftliche Fassade hier und da gestreift und beschädigt. Aus Leningrad wurde wieder Petersburg, auch wenn es mir schwerfällt, das Sankt davorzusetzen. Es ist die Leugnung unserer Geschichte, unseres Erbes. Ein schlechter Witz. Aber ein ganzes Jahrhundert auszulöschen ist nicht so leicht. Hinter den pompösen Museen sah ich immer noch die kleinen Galerien, Schaufenster und Archive. Die Leute sammelten schon kommunistische Andenken. Zaren- und Heiligenfiguren neben denen von Lenin und Stalin; Anstecker, Transparente, Offiziersmützen und Fliegerhelme. Dann Parfüm- und Shampoofläschchen, Verpackungen und Etiketten von Seife und Kaffee, den ganzen Küchen- und Haushaltskram; alte Klamotten, Spielsachen, Fahrräder und Roller, Telefone, Schreibmaschinen, Kunstledertaschen,

Bücher, Videokassetten, das komplette sowjetische Leben. Das ganze Land war ein einziger Flohmarkt. Es gab noch keine Käufer. Es kamen kaum Touristen, noch nicht. Die Pauschalreise nach Tschernobyl war noch nicht in Mode gekommen. Die Schmetterlinge dort waren noch nicht geschlüpft. Petersburg tauchte gerade erst aus dem Chaos der letzten Jahre auf und hatte es leichter als jede andere russische Stadt, sich dem Westen anzunähern, sich mit dem Rest der Welt zu vertragen. Weiter im Westen, außerdem monarchischer wegen seiner Architektur, die wie eine Attrappe die Zeit überdauert hatte, anders als in Moskau, wo die Bauwerke der sowjetischen Herrschaft dem Vergessen im Weg stehen.

Und die ganze Welt beobachtet uns, richtet uns, kommentiert uns ohne jede Milde. Dem Westen war Russland nie geheuer, egal ob unter dem Zar oder dem Sowjet. Unser Land ist eine Insel widersprüchlicher, vulkanischer Wahrheiten. Es ist so leicht, so verlockend, sich in ihm zu täuschen, abwechselnd fasziniert und empört zu sein.

1982 haben sie Raduga wiedereröffnet, nicht in Leningrad, sondern in Moskau. Meine Kinder sind mit den Büchern von Progress und dem neuen Raduga aufgewachsen. Aber nie wäre es ihnen in den Sinn gekommen, die Vaterschaft für das frühere Verlagshaus für sich zu beanspruchen. Niemand hat mich kontaktiert, kein Verleger, kein Autor, erst recht kein Übersetzer, von denen auch ich nichts ahnte. Und doch hat alles bei uns seinen Anfang genommen, in unserer Wohnung in der Stremjannaja. Unsere Zweiraum-Kommunalka war das Zentrum, die Achse, um die sich neun Jahre lang das Karussell der Bücher drehte. Ein vorüberziehender Jahrmarkt. Nun waren wir nichts mehr. Ausgestoßen. Fern. Fremdkörper in der literarischen Welt, die nichts über uns, die Familie Kljatschko, meinen Vater Lew Moisejewitsch wusste, der für mich der Größte aller Kljatschkos war.

Nach dem Zusammenbruch der Sowjetunion konnten Progress und Raduga nicht fortbestehen. Früher, als es noch um Propaganda ging, war es eine Produktion ohne Profite und ohne Verluste gewesen. Mit der Perestroika wurde es unmöglich, weiter diese Bücher zu verlegen, die in der Produktion und somit auch im Verkauf sehr teuer waren und deshalb weder im Ausland noch in Russland Abnehmer fanden. Zu dieser Zeit habe ich in den Straßen von Petersburg Menschen im Müll wühlen sehen. Ich hatte geglaubt, dass es solche Szenen nie wieder geben würde. Gut gekleidete Leute arbeiteten als Hausierer. Es gab viele Selbstmorde. Aber auch Ausbrüche der Freude, Begeisterung. Sie haben bekommen, was sie wollten. Jeans und Wurst im Tausch gegen eine große Nation. Das ist vielleicht alles, was ein normaler Mensch braucht. Warum ihn mit großartigen Träumereien belasten? Warum von ihm erhoffen, wozu er organisch nicht in der Lage ist?

Ich weiß nicht, ob Tania sich über die Tragweite der Umwälzungen bewusst ist, die wir in den letzten Jahren erlebt haben. Die Worte haben einen anderen Sinn. Ein Ideal nennt man jetzt eine Utopie. Und Treue heißt jetzt Starrsinn. Aber soweit ich weiß, gibt es nichts, was sich nicht bewegt hat. Jeden Tag brechen uns die Sandbänke unter den Füßen weg. Wohin wir gehen, kann ich nicht sagen. Wird Tania das Land wiedererkennen, in das sie sich einst verliebt hat? Was bleibt ihr von ihren Kindheits- und Jugendlektüren? Wird sie uns unser Versagen verzeihen können? Manche Liebe kann nichts erschüttern. Denn ohne diese Liebe ist der Mensch nichts mehr. Ohne diese Liebe hat der Mensch keine ruhmreiche Vorstellung von sich selbst.

Wenn ich bloß ihre Kraft, ihre Jugend besäße, um noch ein Jahr durchzuhalten, um noch nicht nach Amerika zu gehen, um meine Reise noch etwas aufzuschieben. Vielleicht bin ich dann schon tot. Nichts mehr entscheiden, nicht mehr in meinen Widersprüchen und Abgründen wühlen. Keine Schuldgefühle mehr, die Vergangenheit zu verraten, mich selbst zu verraten. Alles würde sich lösen. Ich müsste nicht meine Familie in Petersburg, meine Erinnerungen an die Toten zurücklassen. Die Erinnerung an unsere Toten lässt sich nicht wie Asche in einer Urne transportieren. Eine Grenze zu überschreiten ist keine Kleinigkeit. Man lässt immer etwas von sich zurück, das kein Grenzer jemals sehen kann. Mehr noch für die Toten als für die Lebenden möchte ich in Petersburg bleiben. Wer wird sonst über sie wachen? Von der anderen Seite des Ozeans? Unmöglich. Die Verstorbenen kennen keinen Pragmatismus, sie passen sich nicht an. Sie sind dickköpfig und unbeholfen. Man muss sie täglich mit unseren Tränen gießen, damit es sie gibt.

Und ich bin ihnen schon so nah!

Gestern hatte ich einen unglaublichen Traum. Ich stand auf einem Balkon, vielleicht war es der vor meinem Zimmer, es war weder Tag noch Nacht, aber alles war in ein blendendes Licht getaucht. Ich stand da und um mich herum regnete es Milliarden von Sternen, die

Sterne wurden geboren und vergingen, und in der Mitte war das Schwarze Loch, das gar nicht schwarz war, sondern eine Explosion an Farben, ein Strudel an Wellen. Es war ein Meisterwerk. Ich begann, in das riesige Loch zu fallen, das nicht zu meinen Füßen sondern im Himmel war, und doch fiel ich. Und zum ersten Mal seit langer Zeit war ich glücklich.

Dank

Diesen Roman hätte es nicht gegeben ohne die wertvolle Hilfe und die Freundschaft von Jean-Marie Laclaventine. Meine ehrliche Dankbarkeit auch an meine Freundin Nathacha Appanah. Ein großer Dank an die wohlwollende Anne Vijoux.

*

Ich danke herzlich Laurent Berger und Ida Papiernik von der Fondation pour la Mémoire de la Shoah (Bibliothek des Centre Medem), Paris,

Andrea L. Immel von der Cotsen Library der University of Princeton,

Nataliya Kochubey, Kulturattachée der Botschaft der Ukraine in Paris,

Serhiy Kasyanchuk, Direktor, Ukrainian World Congress, Mission in der Ukraine,

Michael Minayev, Generaldirektor, M-Graphics Publishing, Boston,

die einander die Fackel weitergereicht haben, um mich in meiner Recherche zu unterstützen.

Meine Dankbarkeit gilt Anya Steklshchikova, der Urenkelin von Lew Moisejewitsch Kljatschko, für ihr Vertrauen und ihre Unterstützung.

Dieses Buch ist inspiriert vom Leben von Lew Moisejewitsch Kljatschko und Adel Kljatschko. Adel hat nie in einer Senioreneinrichtung gelebt. Bis zu ihrer Ankunft in Boston bei ihrer Enkelin, wo sie 2005 mit vierundneunzig Jahren verstarb, lebte Adel in Sankt Petersburg in der Kommunalka in der Stremjannaja.

*

Ich denke an Nani Bhowmik, an Rabindra Majumder, an Arun Som, großartige Übersetzer russischer Literatur ins Bengali, Brückenbauer zwischen den Zivilisationen, deren Werk nicht hoch genug geschätzt werden kann.

Quellen

Archive, Werke, Dokumentar- und Spielfilme über die sowjetische Zeit auf Französisch, Englisch und Russisch.

Archive des Institut national de l'audiovisuel (INA), der Bibliothèque nationale de France (BnF), der Cotsen Library der University of Princeton.

Kornei Tschukowski: *Journal*, Band 1 und 2, Fayard, Paris 1997 und 1998.

Lena Muchina: *Lenas Tagebuch. Leningrad 1941–1942*, Graf Verlag, München 2013.

Ben Hellman: *Fairy Tales and True Stories: The History of Russian Literature for Children and Young People (1574–2010)*, Brill, Leiden / Boston 2013.